Annika Viktoria Blatt

Die Quadriga- Zurück ins Leben:
Wie die Liebe die Vergangenheit
besiegte

AF221482

Annika Viktoria Blatt

Die Quadriga- Zurück ins Leben: Wie die Liebe die Vergangenheit besiegte

Roman

Impressum

Bibliografische Information der Deutschen Nationalbibliothek:

Die Deutsche Nationalbibliothek verzeichnet diese Publikation in der Deutschen Nationalbibliografie; detaillierte bibliografische Daten sind im Internet über http://dnb.dnb.de abrufbar.

Herstellung und Verlag: BoD – Books on Demand, Norderstedt

ISBN: 978-3-7526-4177-6

Für Mama

<u>Vivien:</u>

"Perfekt! Absolut perfekt! Ein Wochenende, das nur wir beide zusammen verbringen werden. Ohne die Arbeit oder sonst wen…" Ich, Vivien Sonnenstern, blickte von dem kleinen Köfferchen, das aufgeklappt vor mir auf dem Tisch lag, auf und drehte mich zu meinem Freund Clemens um.

"Das wird es sein, meine Liebste! Perfekt!", grinste er mich zurück an, kam auf mich zu und spielte mit meinem Pferdeschwanz. In einer luftigen Bewegung zog er das Haargummi heraus und ich spürte, wie er über die kastanienbrauen, krausen Haare strich, die sich über meinem Rücken verteilten. Dann gab er mir von hinten zärtlich einen Kuss auf die Wange.

"Ich mag deine Haare… Aber noch viel mehr mag ich dich!"

"Und *ich* liebe dich!", erwiderte ich leise und Clemens drehte mich an den Schultern zu sich um.

8

"Vivien?", hauchte er mir während der darauffolgenden Umarmung fragend in die Schulter. "Du sollst wissen, dass ich immer für dich da sein werde… Egal wie… Ich werde immer da sein, weil ich dich genauso liebe!", flüsterte er mit erstickter, heiserer Stimme in mein Ohr, wobei ich seinen warmen Atem spüren konnte, und mir wurde ganz warm ums Herz.

"Clemens! Das weiß ich doch… Denn du bist jetzt schon immer bei mir und für mich da!", sagte ich mit ähnlicher Stimme zurück. Eine Weile verharrten wir in dieser geborgenen, sicheren Haltung. Doch schließlich mussten wir uns voneinander lösen.

"Wir sollten dann so langsam, sonst gibt es Stau.", rief ich uns beiden in Erinnerung und rieb mir wie in Trance über die Augen. Es fühlte sich an als sei ich gerade aus einem wunderschönen Traum erwacht.

"Ach… Das Wochenende! Sicher!", erinnerte sich auch Clemens, dem es wohl genauso ging wie mir, und ich verschloss unterdessen den Koffer.

"Dann los! Aber lass uns zuvor bitte noch einen Abstich bei meinen Eltern machen… Ich möchte einfach nochmal reinschauen!", bat ich dann in einer Eingebung.

"Alles, was du willst, Liebste!" Clemens verneigte sich tief grinsend vor mir, küsste meine Hand und ich kicherte geschmeichelt.

Es fühlte sich an wie das Ende einer wunderbaren Geschichte, doch das sollte erst der Anfang eines ganz großen Abenteuers sein.

Allegra:

"Allegra, Schatz! Es ist so schön, dass du mal wieder da bist, Es ist doch so einsam und still in diesem Haus, wo nun auch du ausgezogen bist!" Meine Mutter stand bereits an der Tür als ich um kurz nach zehn mit meinem Auto vor mein

Elternhaus fuhr. Sie sah aus als hätte sie schon ewig auf mich gewartet und mir wurde ganz warm ums Herz bei ihrem ehrlichen Strahlen. Ihre Augen funkelten wie dunkle Sterne, ihre dunklen Locken fielen ihr auf die Schultern und sie trug ihr, wie ich wusste, Lieblingskleid. Ein sonnengelbes, bei dem die Farbe bereits verwaschen war, weil sie es so oft schon getragen hatte.

"Tja, so ist das mit den Kindern. Man zieht sie groß und irgendwann schlagen sie neue Wege ein.", hörte ich eine tiefe, wohlvertraute Stimme. Sie gehörte meinem Vater und beim Aufblicken stand er ebenfalls an der Tür. Er sah aus wie eh und je, gepflegt wie immer und in sommerlicher Kleidung. Sein Haar hatte ein paar neue graue Strähnen mehr als das letzte Mal, und auch er begrüßte mich mit seinem lieben Lächeln. Mit einem großen Strauß voller Frühlingsblumen, warf ich die Autotür zu, sperrte ab und flog meinen Eltern förmlich in die

Arme, nachdem ich die Treppen hinauf gestolpert war. Bei Mamas vertrautem blumigen Duft und den kratzigen Stoppeln an Papas Kinn und Wangen kam ich mir wieder so behütet vor, wie damals als kleines Mädchen.

"Ich freue mich so auf unseren gemeinsamen Ausflug, Allegra-Schatz!" Mama umarmte mich ein weiteres Mal, so überschwänglich als sähe sie mich nur einmal im Jahr, obwohl ich erst letzten Samstag da war.

"Ich habe ein Picknick vorbereitet mit Kartoffelsalat und kalten Würstchen und Obstsalat…", plapperte sie fröhlich drauf los und ich lächelte in mich hinein. Es war jedes Mal das Gleiche. Jedes Mal plapperte sie in ihrer fröhlichen und unbeschwerten Art über alltägliche Dinge. Jedes Mal wunderte ich mich, dass sie nicht an dem Schwall der Wörter erstickte und jedes Mal schien die Welt plötzlich so friedlich und klein zu sein, was allein ihre beruhigende Stimme hervorrief. Und jedes Mal wusste ich, jetzt war ich Zuhause. Es war nicht das sonnengelbe Familienhaus mit dem Ziegelsteindach und dem Vorgarten - mein Zuhause war meine Familie!

"Vivien kommt nicht mit… Hast du das mitbekommen?", fragte Mama dann schließlich leicht betrübt.

"Ja. Wir haben erst gestern telefoniert! Sie fährt mit ihrem Clemens weg!" In eben jenem Augenblick ertönte eine laute Hupe hinter uns. Wie auf ein unsichtbares Zeichen drehten wir Drei uns gleichzeitig um. Ein mir vertrauter, kleiner dunkelblauer Opel hatte direkt hinter meinem Auto geparkt. Er gehörte Vivien, meiner Schwester, welche gerade aus der Fahrerseite sprang, aus der anderen Tür trat Clemens.

"Habt ihr es euch doch noch anders überlegt?", rief ich fragend zu ihnen herüber.

Vivien erreichte die Haustür. "Leider nein… Dieses Wochenende

gehört nur uns beiden.",
antwortete sie bedauernd und als
Clemens ebenfalls die Tür erreicht
hatte, schlang sie ihre Arme um
ihn. Dann erst begrüßte sie uns
rasch, was auch Clemens ihr gleich
tat.

"Wir wollten eben nur kurz
reinschauen, uns versichern, dass
hier alles okay ist und so!",
erklärte sie.

"Und leider müssen wir auch gleich
weiter. Wir wollen nicht in den
Stau kommen!", endete Clemens
rasch und mit einem nicht enden
wollenden Lächeln zuckte Vivien
mit den Schultern. "Viel Spaß bei
eurem Ausflug!", wünschte Vivien
und flog wie auf Wolken schon
wieder zum Auto zurück. Clemens
hob die Hand zum Abschied, als
Papa ihn zurück hielt. "Junge!
Pass gut auf unser Mädchen auf!",
ermahnte er mit strengem Ton,
obwohl es auch wie eine liebevolle
Bitte klang.

"Natürlich!", versicherte er kurz
angebunden und so schnell wie der

dunkelblaue Opel angekommen war, verschwand er auch wieder.

"Clemens ist der richtige für unsere Vivi!", sagte Mama leise, als sie dem Auto nachblickte. "Sie sah so erfüllt und glücklich aus. Ihre Wangen waren so rosig und… Ach… Clemens macht unsere Vivi einfach rund um glücklich!", schloss sie.

"Und unsere Allegra?" Papa drehte sich um.

"Eure Allegra ist auch rund um glücklich!", lächlte ich betont normal. Ich wusste, dass meine Eltern eigentlich Geschichten aus meinem Liebesleben hören wollten…

"Und Taro?", hakte Mama nach. Bei diesem Namen krampfte sich in meiner Brust alles zusammen. Dennoch gab ich mich cool.

"Er studiert im Ausland.", lächelte ich kühl und schluckte mit Mühe den dicken Kloß in meiner Kehle hinunter. Ich bemerkte, wie meine Mutter schon den Mund öffnete, doch mein Vater löste die Spannung, indem er taktvoll das Thema wechselte, wobei er Mama sanft anstieß und ihr mit einem Blick den Mund zum Thema "Taro" verbat.

"Ähmm… Ich würde sagen, wir holen den Picknickkorb und dann machen wir uns auf die Socken!"

"Super! Paps wirf die Schlüssel rüber! Ich fahre!" Während meine Eltern letzte Vorbereitungen trafen und noch irgendwo im Haus wuselten, atmete ich die gute Landluft hier ein und blickte ehrfürchtig zu meinem Elternhaus auf. Ein Kribbeln in meinem Bauch verriet, dass ich unendlich glücklich sein konnte mit dieser Familie, und ich war es auch.

Clemens:

Ich hatte genau gewusst, dass dieser Anblick uns alle Erschöpfung der langen Fahrt vergessen ließ. Ein strahlendblauer Himmel mit schneeweißen Schäfchenwolken spiegelte sich in der Ostsee wieder, wobei diese Spiegelung von bewegten Wellen verzerrt wurde. Die Luft war von einem salzigen, meerigen Geruch und Möwengeschrei erfüllt, während der goldene Sand unter unseren Füßen kribbelte und die Sonne auf unseren Köpfen brannte. Erfüllt von diesem Anblick wanderten wir Hand in Hand am Strand entlang. Vivien zauberte mir mit ihrem Anblick im luftigen Sommerkleid ein Lächeln auf die Lippen und trotz, dass wir erst ungefähr eine Stunde da waren, fühlte ich mich jetzt schon sehr erholt.

"Ich hoffe meinen Eltern und Allegra geht es genauso gut wie uns.", sagte Vivien. Ehe ich antworten konnte, verspürte ich einen unangenehmen Tropfen auf mein Gesicht prasseln. Und plötzlich aus heiterem Himmel gab der Himmel ein lautes Grummeln von sich. Die Schäfchenwolken hatten sich für ihr dunkelgraues Kleid entschlossen und versteckten die Sonne hinter sich. Vivien drückte meine Hand ganz fest.

"Clemens, ich hab plötzlich so ein komisches Gefühl… Als sei irgendwas passiert!" Beunruhigt blieb sie stehen.

"Passiert?", fragte ich verwirrt und sah ihr tief in die Augen.

"Eben als ich von meiner Familie gesprochen habe, ist das Wetter umgeschlagen… Von fröhlich auf düster…", fügte sie leise und mit gesenktem Kopf hinzu. Ich öffnete den Mund um etwas zu erwidern, als sie schon fortfuhr.

"Ich weiß, es klingt albern… Aber lass uns zurück zum Hotel… Bei diesem Wetter hat es sowieso keinen Sinn weiterzulaufen… Das wird sonst zu gefährlich. Bitte! Selbst wenn nichts passiert ist, dann möchte ich mich vom Gegenteil überzeugen und…"

"Schhhhh…" Ich unterbrach ihren Redefluss und legte ihr meinen Zeigefinger auf die Lippen. "Lass uns zurück zum Hotel, mein Schatz."

Wir hatten Glück, denn das Gewitter kam erst richtig in Fahrt, als ich die Zimmerkarte an die Tür hielt. Während des Pieps, donnerte es direkt über uns, was Vivien zusammenzucken ließ.

"Es ist bestimmt alles gut…" Ich nickte ihr beruhigend zu und schließlich waren wir endlich im Hotelzimmer. Mein erster Weg führte in das Bad, Vivien ließ sich samt Handy in den Sitz fallen.

"Ein neuer Anruf von Unbekannt…", hauchte sie.

"Ach, das wird irgendein Anbieter für irgendein Abo sein.", lachte ich aus dem anderen Raum. Vivien hatte schon das Handy am Ohr klemmen und hörte die Mailbox ab.

"Eine neue Nachricht… Und ich soll eine Nummer unverzüglich zurückrufen!" Sie ließ das Handy sinken und ich hörte, wie sie eine Nummer eintippte. Kaum eine halbe Minute später, begann Vivien mit dem Gegenüber zu reden.

"Sonnenstern hier… Sie hatten angerufen."

Stille.

"Ja, richtig. Die bin ich."

Stille.

"Ja…" Ihre Stimme wurde leiser und erneut folgte eine Stille.

"Ich habe verstanden… Was ist mit ihnen?"

Stille.

"Ja… Danke…"

Als ihre Stimme verklungen war und sich im Nebenzimmer keine Regung zeigte, begann mein Herz heftig zu klopfen.

"Vivien? Es ist etwas passiert!", wusste ich sofort. Sie war mit einem Mal so blass, ihre Augen glänzten nicht mehr, sondern sie starrte leeren Blickes Löcher in den Boden.

"Sie hatten einen Unfall und sie wollen mir nichts am Telefon sagen. Clemens… Wir müssen sofort zurückfahren!"

Allegra:

Ich wachte auf… Der Himmel über mir war schneeweiß, der Boden unter mir war schneeweiß, alles ringsherum war schneeweiß… Verwirrt und beunruhigt darüber, wo ich war und was passiert war, wollte ich mich aufsetzten, doch eine bleierne Schwere schien sich über meinen ganzen Körper gelegt zu haben und ich war nicht im Stande, irgendetwas zu bewegen.

„Ich bin bestimmt im Himmel!", flüsterte ich vor mich hin, um zu sehen, ob meine Stimme noch funktionierte. Was war bloß geschehen und wieso hatte ich so fürchterliche Kopfschmerzen? Ganz vorsichtig drehte ich meinen Kopf hin und her, um die Orientierung wieder zu finden. An der weißen Wand war ein Stecker mit verschiedenen Knöpfen angebracht worden und ich lag in einem Bett gegenüber dem Fenster. Trotz der zugezogenen Vorhänge strahlte die Sonne etwas herein. Als ich meine Hand betrachtete, entdeckte ich erschrocken eine Infusion. Durch das Fenster hörte ich heulende Sirenen und in der Luft lag Geruch von Desinfektionsmittel.

„Ich bin im Krankenhaus!" Die Schwere in meinem Körper schien sich mit einem Mal in Luft aufzulösen, denn entsetzt fuhr ich hoch. Was machte ich hier? Was war denn nur geschehen und warum war niemand hier? Mein Blick fiel auf die vielen Knöpfe an der Wand. War dort nicht immer einer, mit dem man eine Schwester rufen konnte, wenn man etwas brauchte? Mit zitternden Fingern drückte ich den roten und kurz darauf stand tatsächlich eine junge Frau in der Tür. Ihre kupferfarbenen Haare waren irgendwie zu einem Knoten aufgesteckt und sie trug eine weiße Hose und ein weißes Hemd. Mit großen Augen und unglücklichem Gesicht sah sie mich an, dann kam sie an mein Bett.

„Sie sind aufgewacht!", lächelte sie mich an und ich starrte beunruhigt zurück. *Schwester Annelie* stand auf dem Namensschild, welches ihr Hemd schmückte.

„Dann werde ich mal unseren Chefarzt rufen." Annelie zog ein kleines Diensthandy aus ihrer Brusttasche. „Doktor Bergmann! Sie können jetzt auf Station 3, Zimmer 6 kommen. Sie ist aufgewacht."

Ich betrachtete jede ihrer Handbewegungen und ließ sie keine Sekunde aus den Augen. Die Stimmung war bedrückend und mir wurde zunehmend Angst und Bange.

„Wen haben wir denn da?" Ich zuckte erschrocken zusammen, als ein junger Mann herbeieilte, sich einen Stuhl heranzog und vor dem Bett niederließ. Auf seinem

Namensschild stand Dr. Bergmann und er sah mich mit tiefblauen Augen an, während mir das Herz bis zum Hals schlug.

„Wissen Sie, wer Sie sind?", fragte er mich und zog ein Blöckchen herbei, auf dem er sich Notizen machte.

Scheu blickte ich ihn an und sagte schließlich meinen Namen: „Allegra!"

„Wie noch?" Er blickte nicht mehr auf, sondern versank in seinen Notizen.

„Sonnenstern… Allegra Sonnenstern!"

„Gut… Wissen Sie noch, was passiert ist und wieso Sie hier sind?" Diesmal schaute er mich wieder an.

„Nein… Als ich vorhin aufgewacht bin, wusste ich nicht, was passiert ist. Ich war einfach da!"

Annelie und Dr. Bergmann wechselten besorgte Blicke.

„Nun, Frau Sonnenstern… Dann werde ich Ihnen jetzt ein paar Begriffe nennen und vielleicht erinnern Sie sich anhand dieser wieder." Dr. Bergmann stand auf, legte den Block auf seinem Stuhl ab und ging nachdenklich zum Fenster.

„Landstraße!" Er drehte sich erwartungsvoll um und ich starrte zurück.

„Nichts?", hakte Annelie nach, woraufhin ich den Kopf schüttelte.

„Auto." Es folgte ein erneutes Kopfschütteln.

„Hören Sie, können Sie mir nicht einfach sagen, was passiert ist, ohne diese blöden Ratespiele?" Ich wurde ziemlich ungeduldig.

„Frau Sonnenstern…" Annelie setzte an, doch im nächsten Augenblick verstummte sie, denn mein Gesichtsausdruck erstarrte. Ganz langsam flüsterte ich: „Wir hatten einen Familienausflug geplant – meine Eltern und ich…." Ich lächelte ein wenig. „Ich bin gefahren und dieser Graben und die Bremse… Ich weiß nicht wie es war…" Traumatisiert und verzweifelt darüber nicht genau zu wissen, was geschehen war, sah ich auf, in zwei besorgte Gesichter.

„Der Unfall!", endete ich so leise, dass meine Worte einem Lufthauch gleich waren.

„Ja…", antwortete Dr. Bergmann ebenso leise.

Wie in einer Eingebung fuhr ich wieder auf: „Mama, Papa… Wo sind sie? Sind sie in anderen Zimmern?" Mit einer dunklen Vorahnung betrachteten mich zwei traurige Gesichter.

„Frau Sonnenstern…" Annelie setzte sich auf die Bettkante. „Wissen Sie… Ihre Eltern sind nicht in diesem Krankenhaus…"

„In einem anderen?" flüsterte ich hoffnungsvoll fragend.

„Annelie, machen Sie es der jungen Frau doch nicht noch schwerer…", druckste auch der Chefarzt herum.

„Frau Sonnenstern, Ihre Eltern hatten nicht so ein großes Glück wie Sie! Sie haben es nicht überlebt. Sie sind tot." Kaum hatte er das laut ausgesprochen, ging er ein Stück von meinem Bett weg und beide beobachteten mich. Eine Weile starrte ich auf die weiße Bettdecke, dann blickte ich auf und schrie ihn an: „Das kann gar nicht sein! Sie sind nicht tot! Das stimmt überhaupt nicht…" Aus der heiseren Schreierei wurde schlagartig Trauer. Wie ein Häufchen Elend sank ich zusammen und begann zu weinen.

„Das kann nicht sein…", schluchzte ich unter Tränen hervor.

„Was ist mit Vivien?", fragte ich schließlich.

Dr. Bergmann und Annelie schauten sich fragend an.

„WAS IST MIT MEINER SCHWESTER?", schrie ich mit erstickter Stimme.

„Sie war gar nicht dabei. Man hat sie gesucht und auch gefunden.

Ihre Schwester wird in den nächsten Stunden kommen… Sie sind noch ziemlich durcheinander vom Unfall…" Die Antwort wie auch die besorgten Worte kamen erneut von Dr. Bergmann. Vor Angst begann ich zu zittern und versuchte die Tränen zurückzuhalten. Ich hatte das Gefühl, dass mein Herz jeden Augenblick zerspringen müsse vor Schmerz.

"Weiß sie es schon?"

"Nein! Die ärztliche Schweigepflicht, Sie verstehen?"

„Was ist mit mir?", fragte ich dann plötzlich das Thema wechselnd.

„Wie mit Ihnen?", fragte Annelie und stellte sich dumm.

„Was für Verletzungen habe ich! Sagen Sie es mir!", forderte ich und versuchte tapfer zu sein.

„Nun, durch den Unfall haben Sie ein Schädelhirntrauma, deshalb müssen wir Sie noch einige Tage hier behalten… Zur Beobachtung.", ergänzte Dr. Bergmann.

„Ich habe sowieso kein Zuhause mehr…", flüsterte ich tonlos.

„Aber, Frau Sonnenstern…" setzte der Arzt erneut an. „Da ist noch etwas… Wir können noch nichts Näheres sagen, aber… Ihre Beine…"

Alarmiert zog ich die Decke weg und betrachtete sie. „Was ist mit ihnen?"

Dr. Bergmann kam herüber mit einem Hammer, mit dem man Reflexe testet. Er schlug vorsichtig auf mein Bein. Dann ein zweites Mal, fester. Und ein drittes Mal.

„Ich spüre nichts… Was hat das zu bedeuten?"

„Frau Sonnenstern…", begann Annelie wieder.

„Ihre Beine sind gelähmt…", beendete erneut Dr. Bergmann. „Wir haben nichts Physisches gefunden und wir wissen nicht, ob Sie jemals wieder laufen können…"

Wie in Trance starrte ich vor mich hin. Ich hörte nichts mehr von der Welt und kurz darauf war ich wieder alleine in meinem Krankenzimmer… Ich hatte alles verloren… Meine Familie, meine Beine… Mein Leben!

Mir war alles egal! Die Welt um mich herum schien nicht mehr zu existieren. Ab und zu bekam ich wie in Trance mit, dass eine Schwester ins Zimmer kam und nach mir sah. Irgendwer hatte auch ein Tablett mit Essen und einen Krug Wasser dagelassen. Doch keiner störte mich, keiner half mir in meiner Trauer. Es zählte einzig und allein der jetzige Augenblick. An meine Freundinnen, an die Zukunft und an meine Ausbildung verschwendete ich nicht einen einzigen Gedanken. Das einzige Bild, das sich wieder und wieder in meinen Gedanken auftat, war ein Bild unseres Autos, das zu Schrott gefahren worden war. Ein einziger Satz geisterte in meinem Kopf umher: „Ihre Eltern sind tot!“

Jedes Mal hätte ich vor Schmerz und Tränen ersticken können, andererseits war es mir noch nicht richtig bewusst geworden. Das konnte gar nicht sein. Mama und Papa waren niemals tot! Sie waren doch viel zu jung zum Sterben. Um mich herum drehte sich die Welt weiter, die Sonne ging unter, durch das geöffnete Fenster drangen Luftzüge der kühlen einbrechenden Nacht herein. Doch in mir drin gab es nichts mehr… Keine Zeit, keine Gefühle, keine Zugehörigkeit. Einzig und allein eine klaffende Leere schien dort zu eistieren. Ich bemerkte nicht einmal mehr den Unterschied zwischen Wachen und Schlafen, doch trotzdem übermannte mich die Müdigkeit und im nächsten Augenblick war ich eingeschlafen - in einem kühlen Krankenhausbett und ohne Familie…

Vivien:

Normalerweise war ich auf Urlaubsrückfahrten immer total entspannt, erholt und beschwingt.

Doch nicht heute! Noch angespannter und gestresster als vor dem Urlaub saß ich auf dem Beifahrersitz, in die Schwärze der Nacht starrend. Clemens hatte sich aufopferungsvoll bereit erklärt die sechs Stundenfahrt in einer alleinigen Schicht zu übernehmen.

"Wir sind gleich da… Es dauert höchstens noch eine halbe Stunde.", drang Clemens beruhigende Stimme in mein Unterbewusstsein. In meinem Kopf tickte eine Zeitbombe, während ich von der Radiouhr zur Nachtschwärze blickte. Die ganze Zeit kreisten meine Gedanken in der Ungewissheit… Was war nur genau passiert? Doch vor allem war der Mittelpunkt meiner Gedanken ein großer Glaskasten, der mit Blumen geschmückt war- ein Sarg! Mein Herz krampfte sich zusammen und ich versuchte nach Atem zu ringen.

"Dort!" Clemens zeigte mit einem Mal mit dem Finger durch die Windschutzscheibe hinaus. "Da war gerade eine Sternschnuppe. Und noch eine…" Begeistert funkelten seine Augen.

"Du hast zwei Wünsche frei, Schatz!", fügte er flüsternd hinzu, doch es folgten meine entsetzten Blicke.

"Ich kann mir nichts wünschen…", hauchte ich so leise, dass es wohl nicht einmal Clemens hörte. Ein Sprichwort, welches mir mein Vater immer gesagt hatte, wenn eine Sternschnuppe vom Himmel fiel, besagt: "Wenn ein Stern vom Himmel fällt, steigt eine Menschenseele in den Himmel zurück." Seine tiefe Stimme summte mir im Unterbewusstsein. "Zwei Menschenseelen…", hauchte ich erneut so leise. Jetzt wusste ich, was geschehen war.

Erna-Luise:

Das Spiegelbild einer alten, zerbrechlichen Frau blickte mich aus dunklen Augen an, die von ebenso dunklen Ringen beschattet wurden, das weiße Haar, gleich einer Zuckerwatte war, zu einem

Oma-Knoten aufgesteckt. Sie trug einen grauen Rock und über einer weißen Bluse eine gleichfarbige Jacke. Ich starrte das Spiegelbild weiter an, bis ich das Gefühl hatte, dass meine Augen mich durchbohrten.

„Ein weiterer einsamer Tag…", murmelte ich vor mich hin und durch den Spiegel lächelte mich ein Foto auf meinem Schminktisch an. Der Fotorahmen war blank poliert und ein junger Mann strahlte mich darauf an. Wehmütig versuchte ich das Foto zu ignorieren, als im selben Moment das Telefon klingelte.

„Ja, hallo! Hier Sonnenstern!", meldete ich mich, nachdem ich den altmodischen Hörer abgenommen hatte.

„Das ist richtig." Mit einer dunklen Vorahnung setzte ich mich auf den Stuhl neben der Kommode mit dem Telefon.

„Vielen Dank! Ich werde da sein!" Kraftlos legte ich den Hörer auf

und rieb mir plötzlich ganz
verzweifelt die Augen. Das konnte
nicht wahr sein! Nein!

Vivien:

Obwohl ich das Gefühl hatte, jeden
Moment vor Erschöpfung zusammen zu
brechen, war ich, kaum dass
Clemens irgendwo geparkt hatte,
zum Krankenhaus gerannt. Im
Eingang sah ich mich verwirrt um
und drehte andauernd meinen Kopf
hin und her.

"Kann ich ihnen helfen?" Die
Schwester, die hinter dem
Empfangstresen stand, eilte zu mir
herüber. Sie hatte kupferfarbene
Haare und trug weiße Kleidung,
wobei auf dem Namensschild,
welches an ihr Hemd geheftet war,
"Schwester Annelie" stand.

"Ja… Meine Eltern… Sie hatten
einen Unfall und… ich bin sofort
gekommen und…" Ich begann
schneller zu atmen, doch Schwester
Annelie beruhigte mich.

"Sind Sie Frau Vivien Sonnenstern?", fragte sie ganz lieb und ich konnte nur nicken.

"Die Tochter und Schwester der Verunglückten also?", sagte sie mehr zu sich selbst und führte mich ein Stück vom Eingang weg.

"Frau Sonnenstern, Sie müssen jetzt ganz tapfer sein, genau wie Ihre Schwester. Jetzt kommt etwas, was ich nicht gerne mache…", setzte die Krankenschwester an. "Ihre Eltern haben den Unfall…"

"Nicht überlebt… Sie sind tot!", ergänzte ich diesen Satz und mir wurde schummrig vor Augen. Annelie nickte nur.

"Die Sternschnuppen…", flüsterte ich leise vor mich hin.

"Was?", fragte Annelie, die dies wohl gehört hatte.

"Was ist mit meiner Schwester?", entgegnete ich.

"Sie hat den Unfall einigermaßen gut überstanden. Sie leidet an einem Schädelhirntraum, weshalb wir sie noch zur Beobachtung hierbehalten müssen. Aber…", druckste Annelie herum und ich sah sie fragend an. "Ihre Beine sind gelähmt. Wir können noch nichts Näheres sagen… Fürs Erste sitzt ihre Schwester im Rollstuhl. Außerdem ist sie ziemlich traumatisiert."

Verstört sah ich sie an. "Kann ich zu ihr?" Nach einem Nicken führte sie mich zu Allegas Zimmer und ließ mich dann alleine. Ich klopfte leise, wartete kurz und betrat dann das Zimmer. Es war groß und weiß, aber die Luft war stickig. Das einzige was dieses Zimmer wirklich füllte war dieses riesige Krankenbett mit den eisernen Gitterstäben. In Mitten dieser lag meine Schwester, Allegra, mit dem Rücken zu mir gedreht.

"Vivien… Ich habe gehört, was passiert ist…", ertönte hinter mir Clemens Stimme, der mittlerweile auch aufgetaucht war.

"Wie geht es ihr?", flüsterte er und in eben jenem Moment, regte sich etwas in ihrer Ecke.

"Wie soll es mir schon gehen…", säuselte eine kraftlose Allegra und ich trat fassungslos an ihr Bett. Ihr Gesicht war so weiß, wie das ganze Krankenzimmer, ihre Augen glanzlos und blutunterlaufen. Schweigend setzte ich mich an ihr Bett und nahm ihre eiskalte, zittrige Hand.

"Du weißt es?", fragte sie leise und ich nickte. Ohne etwas zu sagen, schloss ich sie in meine Arme und auch mich überkam grenzenlose Verzweiflung, was sich in salzig, feuchten Tränen ausdrückte, die mir über die Wangen rollten. Auch Allegra schien zu weinen, wohl nicht das erste Mal an diesem Tag.

"Es ist meine Schuld!", hörte ich ihre erstickte Stimme in meinem Ohr. "Ich habe unsere Eltern ausgelöscht!", jaulte sie und rang nach Luft.

"Du?", fragte ich entsetzt und sah sie an.

"Ich kann mich an diesen Unfall nicht erinnern, es ist als sei er aus meinem Gedächtnis gelöscht… Aber eben zeichnete sich in meinem Gehirn ein Fetzen der Vergangenheit ab. Bevor wir losfuhren, hab ich zu Papa gesagt, dass ich fahre… Und das habe ich auch… unsere Eltern totgefahren…", fügte Allegra hinzu.

"Allegra, das wissen wir nicht! Das wird erst genau geprüft und du kannst dich doch ohnehin nicht mehr daran erinnern.", versuchte ich sie zu beruhigen.

"Aber, wenn es doch meine Schuld war?" Diese in die Stille hinein gesagte Frage blieb unbeantwortet. Ich bemerkte, wie mich die Erschöpfung übermannte und dann ging alles ganz schnell. Eine Schwester brachte uns einen warmen Beruhigungstee, richtete uns in Allegras Zimmer ein Bett und nach

einem kurzen Moment war ich
eingeschlafen.

In dieser Nacht schliefen Allegra
und ich schlecht. Ab und zu war
ich aufgewacht, weil in meinem
Traum immer wieder der Sarg zu
sehen war und jedes Mal saß
Allegra in ihrem Bett und starrte
vor sich hin. So wachten wir am
nächsten Morgen wenig erholt und
fertig von den Ereignissen der
letzten Nacht sehr früh auf.

"Was soll ich bloß tun? Ich kann
unmöglich zurück in meine
Wohnung…" Allgra saß da und machte
sich fortwährend ein schlechtes
Gewissen und redete sich
Schuldgefühle ein.

"Du kannst fürs Erst bei uns
wohnen und dann… müssen wir
weitersehen.", antwortete ich
leicht hilflos und verzweifelt.

"Dafür bin ich ja jetzt
gekommen…", ertönte da hinter uns

eine vertraute Stimme und Allegra und ich drehten uns um.

"Großmutter?", fragte ich ungläubig bei dem Anblick einer dürren Frau, die im Türrahmen stand. Allegra und ich hatten unsere Oma Erna-Luise ewig nicht gesehen, da sie drei, vier Stunden von uns entfernt wohnte. Daher wussten wir auch sehr wenig voneinander. Was ich mit Sicherheit über sie sagen konnte, war, dass sie das Vermögen unseres Großvaters geerbt hatte und am Rande des Dorfes Selo in einer Art Schloss mit vielen Angestellten lebte. Sie war eine allzeit adrette, schicke Dame, doch heute sah sie einfach nur am Boden zerstört aus. Zaghaft kam ich ihr entgegen und umarmte sie. Es fühlte sich nicht wirklich geborgen an und augenblicklich vermisste ich meine Mutter. Dann schritt sie an Allegras Krankenbett und begrüßte auch sie.

"Ich habe alles mitbekommen…", flüsterte sie leise. "Und es tut mir so leid, dass ihr Kinder schon so etwas erleben müsst!" Allegra sagte nichts, nur ihr Gesicht verzog sich zu einem unglücklichen Ausdruck. Sie war von den Ereignissen des letzten Tages mehr mitgenommen worden als ich.

"Ich kann und möchte euch in dieser schwierigen Situation nicht allein lassen! Ich möchte jetzt für euch da sein, damit euer Vater, also mein Sohn, im Himmel dort oben, sich nicht sorgen muss. Nach der Beerdigung werden wir nach Selo fahren und ihr werdet euch von dem Schock erholen." Erwartungsvoll blickte sie uns an, doch ich hatte nur Augen für Allegra, die bei den Worten *Beerdigung* und *im Himmel* sichtlich zusammenzuckte. Großmutter war nicht gerade sensibel und ich nahm sie beiseite. "Du darfst nicht so übereilt auf Allegra einreden… Sie ist sehr sensibel und traumatisiert. Wir werden mit dir nach Selo fahren, zumindest für den Übergang, doch lass ihr etwas Zeit!" Unsere Blicke wanderten zu ihr hinüber. Allegra hatte noch nicht ein Wort gesagt und starrte weiterhin unentwegt auf die Bettdecke.

"Organisierst du für dich und deine Schwester nötige Dinge für die Reise? Dann können wir so bald wie möglich fahren und diesen furchtbaren Ort hier vergessen!", fragte Oma nun etwas leiser und ich nickte.

"Vivien, Schatz… Ich werde dich nicht begleiten können, denn ich habe hier noch einige Dinge zu klären." Clemens, der auffällig still war, erhob sich aus seiner Ecke. Großmutter ging unterdessen zurück zu Allegra: "Wir schaffen das!"

Allegra:

Stillschweigend saß ich auf der Rückbank des alten Oldtimers unserer Großmutter und starrte vor mich hin. Vivien hielt meine Hand und in meinem Kopf spielte sich immer und immer wieder die eben vollendete Beerdigungszeremonie ab: "So lasset uns Abschied nehmen von unserem Bruder Peter Sonnenstern und unserer Schwester Cora Sonnenstern. Beide wurden zu früh aus dieser Welt genommen, doch wir alle müssen bedenken, dass wir nur Gast auf Erden sind, denn aus Staub sind wir entstanden und zu diesem kehren wir zurück!", hatte der Pastor gesagt. In dem Moment, in dem dann beide Särge hinabgelassen wurden, hätte ich schreien können! Warum sie? Warum bin nicht ich bei diesem Unfall umgekommen, wo es doch ganz offensichtlich meine Schuld war? Warum? Und dann dieser Moment, in dem ich mit meinem Rollstuhl nach vorn rollte und die schneeweiße Rose in die Vertiefung der Erde hineinwarf…. Ich schüttelte mich vor Schmerz und drückte Viviens Hand ganz fest. Mir wurde übel, als mir richtig bewusst wurde, dass ich in einem Auto saß. Mit großen Augen beobachtete ich jede Bewegung, die meine Großmutter beim Fahren vollzog und mein Herz klopfte schneller. Was hatte ich falsch gemacht? Welcher Fehler war mir unterlaufen, der anscheinend solch gravierende Folgen hatte?

Je näher wir unserem Ziel, nämlich dem Haus unserer Großmutter kamen, desto leerer und gefühlloser fühlte ich mich. Wir entfernten uns damit immer mehr vom Grab unserer Eltern, was für mich einzig und allein ein Zuhause darstellte.

"Es wird euch gefallen! Wir haben einen großen Garten, wo ihr die frische Luft genießen und zur Ruhe kommen könnt. Ich habe für eure Ankunft auch extra etwas Feines kochen lassen." Das fröhliche Geplapper erinnerte mich mehr und mehr an Mama und ich musste mich zusammenreißen, um die Tränen zurück zuhalten. Doch ich sagte nichts, seit der Ankunft meiner Großmutter hatte ich nur das Nötigste gesprochen. Plötzlich schlug mein Herz schneller… Wir bogen in einen schmalen Weg ein, dessen bepfeiltes Schild uns nach Selo leitete. Und am Ende dieses

Weges stand es plötzlich dort, als sei es aus dem Nichts aufgetaucht. Eine lange Reihe riesiger Fenster und Balkone erstreckte sich im schneeweißen Gebäude, das von zwei höheren Türmen umgeben war. An den Seiten schlossen sich riesige Hallen an, die wahrscheinlich den Fuhrpark, vermutlich sündhaft teure Limousinen beherbergten. Alles war mit Blumenkästen geschmückt und der Oldtimer fuhr durch ein altehrwürdiges großes Tor.

"Lady Sonnenstern!" Ein überkorrekter Butler mit einem ernsten Gesicht öffnete, nachdem unsere Großmutter vor der Tür gehalten hatte, die Fahrertür und half ihr heraus. "Ich hoffe Sie hatten eine angenehme Rückreise?", fragte er, noch ernster dreinschauend.

"Ja, ja… James, fahren Sie den Wagen bitte zur Garage und bitte helfen Sie meiner Enkelin in den Rollstuhl. Und dann kümmern Sie sich noch um das Gepäck der beiden

Mädchen.", gab Oma dem Butler, der anscheinend James hieß, Anweisungen. Ehe wir uns versahen, wurde uns hinaus und mir in den Rollstuhl geholfen. Ebenso schnell wurde sich um das Gepäck gekümmert und der Wagen wurde auch schon weggefahren. Wir schritten unter einem Rosentor durch und befanden uns schließlich in der riesigen Eingangshalle wieder. Blankpolierter Parkettboden, auf dem sich die an der Decke hängenden Kronleuchter wiederspiegelten. Überall wuselten Angestellte des Hauses herum, gossen die Blumen, die jede Ecke zierten oder zupften irgendeine Dekoration zu Recht. Eine noch relative junge Frau mit blondem Mozartzopf kam auf uns zu.

"Lady Sonnenstern!", begrüßte sie diese, mindestens genauso ernst wie James. Sie nahm Oma ihre Handschuhe und die Kostümjacke ab.

"Ida, bitte lassen sie das Essen bereiten. Unsere Gäste werden nach der langen Anfahrt hungrig sein.

Aber nun kommt mit, Allegra und Vivien! Ich zeige euch euer Zimmer."

Mit einem schon in die Jahre gekommenen Aufzug fuhren wir weit hinauf, in eine Art Apartment.

"Wir befinden uns hier in einem der Türme, dem Westturm. Das hier ist der Bereich, in den auch ich mich gern zurückziehe, wenn ich Abstand brauche. Hier habt ihr Ruhe vor den Angestellten und der Ausblick in den Park ist herrlich. Ich lasse euch das Essen hinaufbringen, dann könnt ihr auf eurer Terrasse speisen. Das Gepäck ist bereits da." Sie wandte sich schon zum Gehen ab, als Vivien sie zurückhielt.

"Sag mal… Was hat Opa eigentlich beruflich gemacht, ich meine … all diese Pracht hier, das kann man sich doch nicht leisten, wenn man ein einfacher Angestellter ist." Sie deutete auf das große Zimmer. "Ich meine… Habt ihr im Lotto oder in der Spielbank gewonnen?" Vivien lachte, doch Oma versteifte sich.

"Er hat hart für sein Geld gearbeitet… Er hat um alles kämpfen müssen!" Damit drehte sie sich auf dem Absatz um und verschwand.

"Das ist wie im Märchen und absolute surreal!", rief Vivien und lief durch den Raum. Dann drehte sie sich wie eine Prinzessin und ließ sich auf das Bett fallen. Es war ein riesiges Himmelbett mit Vorhängen aus Seide, auf der anderen Seite stand dasselbe für mich.

"Das ist unendlich weich! Lass dich auch mal drauf fallen…", schlug sie vor und erschrak sogleich.

"Entschuldige, Allegra… Ich vergas, dass…"

"Dass ich gelähmt bin und mich nur noch im Rollstuhl fortbewegen kann?", vollendete ich ihren Satz schnippisch und rollte zum Fenster. Der Rahmen war von einer Girlande unechter Blumen geschmückt und der Ausblick war wirklich atemberaubend schön. So weit man blicken konnte erstreckte sich eine Parkanlage, englischer Rasen mit perfekt geschnittenen Hecken und einem Seerosenteich. Der Balkon war mindestens so groß wie das Zimmer selbst und mit teuren Korbstühlen ausgestattet.

"Ich wusste, dass unsere Großeltern gut betucht sind, aber so… Großmutter ist steinreich…" Vivien war hinter mir aufgetaucht und ich zuckte nur mit den Schultern.

"Es ist seltsam… Im Krankenhaus kam sie mir so verletzlich vor und hier, im Umgang mit ihren Angestellten, ist sie hart und wirkt wie eine Gutsbesitzerin aus dem Fernsehen. Und es kommt mir so vor, als würde Papas Tod ihr nichts zufügen… Irgendetwas ist doch da merkwürdig… Findest du nicht?", fragte sie nachdenklich.

"Mensch, Vivien! Ich habe das Gefühl *dir* ist der Tod unserer Eltern völlig egal! Du lebst weiter wie bisher und machst dir um alles Gedanken, nur nicht um unsere Zukunft!", schrie ich sie an, ehe ich wusste, was und warum ich dies tat.

"Mir ist es gewiss nicht egal! Aber das Leben geht eben weiter… es dreht sich nicht alles um dieses eine Ereignis und es hält auch nicht die Zeit an!", schrie sie zurück.

"Du… Du hast gut reden… Du hast deinen Clemens, deine eigene kleine Familie und vor allem hast Du keine Schuld am Unfall! Und gelähmt bist du auch nicht…" Ich vergrub den Kopf in meinem Schoß und begann zu weinen, obwohl ich mir fest vorgenommen hatte, dies nicht mehr zu tun…

"Allegra… Entschuldige… Ich wollte nicht so gemein sein… Aber hier drin, bin auch *ich* auf ewig verwundet… Und diese Wunde wächst nicht mehr zu." Sie deutete auf ihr Herz und schloss kurz die Augen… Sie wirkte verletzbar… "So… Und nun lass uns auf andere Gedanken kommen und etwas essen…", schlug Vivien mit nun wieder normaler Stimme vor.

"Ich kann nicht essen…", flüsterte ich zurück… "Und ich möchte auch nicht hier sein!"

Vivien:

Allegra wusste gar nicht, wie sehr mir dieser Unfall zugesetzt hatte… Und wie sehr mir Clemens fehlte… Und wie unwohl auch ich mich im Haus meiner fremden Großmutter fühlte… Und vor allem, wie sehr mir unsere Eltern fehlten. Noch vor einer Woche bin ich nur eben kurz zu ihnen gefahren, um mich vor dem Kurzurlaub mit Clemens zu verabschieden… Und dabei sollte es ein Abschied für immer sein… Jedes Mal bei diesem Gedanken krampfte sich in meiner Brust alles zusammen und bei Allegras Anblick ging es mir augenblicklich noch schlechter. Sie saß dort mit 22 Jahren in einem Rollstuhl, zusammengesunken wie ein Häufchen Elend… Und ich konnte ihr nicht

helfen… Und Oma benahm sich auch
so seltsam… Tat sie nur so cool,
oder warum schien ihr der Tod
ihres eigenen Sohnes so wenig
auszumachen? Ich war völlig
überfordert mit den Ereignissen
der letzten Stunden und Tage,
weshalb ich nach dem kaum
angerührten Ratatouille mit einem
geliehenen Fahrrad hinunter ins
Dorf fuhr, um mir in der örtlichen
Bibliothek etwas Lesestoff zur
Abwechslung zu besorgen… statt
dessen stieß ich dadurch die Tür
zu einemgroßen und gefährlichen
Abenteuer auf!

Allegra:

Von dem Mittagessen hatte ich
nichts angerührt und am liebsten
würde ich den Rest meines
traurigen Lebens eingesperrt
irgendwo verbringen… So war ich
froh über Viviens alleinigen
Ausflug, denn nun hatte ich Zeit
zum Nachdenken. Ich wollte mich
dazu in diesem Westturm umschauen.
Unser Zimmer kannte ich
mittlerweile schon fast auswendig

und so rollte ich ein wenig durch die Gänge.

Vivien:

In einer ruhigen Sofaecke saß ich mit einem Stapel Krimibücher vor mir, wobei ich mich für eines entscheiden wollte. Es war eigentlich eine sehr angenehme Bibliothek mit sehr freundlichen Menschen.

"Entschuldigen Sie, ich bräuchte Literatur über das historische Selo während der Judenverfolgung im zweiten Weltkrieg!", hörte ich hinter mir eine Frauenstimme zur Bibliothekarin sprechen. Es folgte ein spöttisches Schnauben von dieser und ich horchte auf. Zwar tat ich, als sei ich in die Bücher versunken, doch ich lauschte.

"Was gibt es da zu lachen?", lachte die Kundin und die Bibliothekarin sprach leiser, aber so, dass ich sie gerade noch verstehen konnte.

"Hier finden Sie natürlich Bücher darüber, aber wenn Sie die Informationen aus hundertprozentig sicherer Quelle haben wollen, dann fragen Sie doch mal bei Lady Sonnenstern nach!", sagte sie geheimnisvoll, während sie „Lady Sonnenstern" verächtlich ausspuckte.

"Ach, ja? Interessant…", entgegnete die Andere und ich runzelte die Stirn.

Ich konnte mich nicht länger auf diese Krimis konzentrieren… Ich muste sofort herausfinden, was es damit auf sich hatte und ob es etwas mit Omas Verhalten zu tun hatte. Vielleicht konnte ich in Allegra ein Hilfe finden, was sie ganz nebenbei auch wieder auf andere Gedanken bringen würde. Ich war plötzlich Feuer und Flamme für dieses so unerwartet am Horizont auftauchende Abenteuer, und ich spürte, dass meine, unsere Familiengeschichte damit eng verwoben sein würde.

"Allegra, stell dir nur vor, was…"
Ich stürmte in unser gemeinsames
Zimmer hielt sogleich aber Inne.
Am Fenster saß meine Schwester und
starrte hinaus und schon von
Weitem bemerkte ich ihre zittrigen
Bewegungen und ging vorsichtig auf
sie zu.

"Alles okay?", fragte ich zaghaft
und erkannte eine glitzernde Träne
auf ihrer Wange, die sie rasch
abwischte.

"Schau mal, was ich gefunden habe,
als ich mich hier etwas umgesehen
habe…", flüsterte sie zurück und
ich erblickte in ihrem Arm ein
Fotoalbum. Vorsichtig kniete ich
mich neben sie, nahm es ihr aus
der Hand und las die Aufschrift
auf dem Album: "Unser Sohn, Peter
Sonnenstern…" Mit großen Augen
schlug ich die erste Seite auf und
erkannte leicht vergilbte
Babyfotos eines Jungen im
Kreissaal.

"Ist das Papa?", hauchte ich heißer und Allegra nickte.

"Großmutter hat gesehen, dass ich das Buch gefunden habe und hat es mir geschenkt. Aber ich…" Der Rest ihres Satzes wurde von ihrem Schluchzen erstickt. Mit unglücklichem Blick nahm ich sie in den Arm und strich ihr über die Haare.

"Du wirst den Schmerz überwinden!", säuselte ich ihr in die Schulter. "Und ich habe etwas, was dich ablenken wird! Etwas Spannendes!" Ich wollte schon voller Eifer loslegen mit dem was ich wusste, doch Allegra ergriff flehentlich meine Hand.

"Vivi, sei mir nicht böse… Aber ich kann nicht… Nicht heute Abend. Ich bin müde und habe Kopfschmerzen. Ich denke ich werde schlafen gehen." Sie lächelte unglücklich und ich lächelte unglücklich zurück.

"Na schön…", gab ich nach und verzog mich in meine Ecke des Zimmers.

Erna-Luise:

Die Uhr schlug genau 16 Uhr. Und wie jeden Tag, wenn die Uhr 16 Uhr schlug, saß ich in meiner Stube, zurückgezogen und trank meinen Tee. Doch heute, kaum hatte ich mich hingesetzt, klopfte es an der alten Mahagoniholztür und die Hausdame Ida stand im Türrahmen.

"Verzeihung, Lady Sonnenstern…", druckste sie herum und ich stand auf.

"Na, Ida… Was gibt es denn?"

"Stimmt es?", fragte sie jetzt geradeheraus.

"Stimmt was?" Verwirrt sah ich sie an und spielte mit einer Haarsträhne…

"Sie wissen es noch gar nicht?"
Entsetzt schaute sie mich an.

"Um Himmels Willen… Ida… Was
denn?" Ich wurde richtig nervös
und begann meine Finger zu kneten.

"Ich war doch eben in der Stadt,
um die Besorgungen zu erledigen.
Dabei wurde ich allerdings
ziemlich würdelos behandelt, man
sah mich so feindlich an und
überall wurde getuschelt. Erst
habe ich mich gefragt, weshalb und
dann habe ich aus Gesprächen
herausgehört, dass es im Hause der
Lady Sonnenstern eine Verschwörung
gegeben hätte … gegen jüdische
Mibürger"

"Was?" Mir wurde ganz schlecht und
ich ließ mich zurück auf den Stuhl
fallen.

"Ist Ihnen nicht gut?" Ich
ignorierte Idas besorgten Ausruf
und war wie gelähmt.

"Wer erzählt sowas?"

"Na, alle…", erklärte Ida
ungezwungen. Als ich nichts mehr

erwiderte, schlich sie sich zur Tür hinaus und ich rieb mir den Kopf.

"Das glaub ich jetzt nicht…", flüsterte ich. Schwer atmend sah ich mich kurz um und zog dann aus seiner Schublade unter dem Tisch ein gerahmtes Foto hervor.

"Da hast du mir etwas hinterlassen…", seufzte ich und strich sanft über das Bild. Dann vergrub ich den Kopf in meinen Armen und brach in Tränen aus.

Vivien:

Im Schneidersitz auf dem Bett sitzend zupfte ich von einer Blume, die ich vom Fenster genommen hatte, die Blüten ab.

"Soll ich… Soll ich nicht…", murmelte ich gelangweilt vor mich hin. Allegra schlief schon längst und ich wusste nicht, was ich von dieser Verschwörungstheorie halten sollte. Ich könnte meine Großmutter natürlich einfach fragen, aber… Naja… Ich kannte sie kaum und das war doch eher ein Gesprächsstoff für vertraute Menschen… Andererseits… Vielleicht hatte auch Allegra recht und ich sollte mir nicht über alles Gedanken machen. Wahrscheinlich machte ich wirklich alles falsch… Obwohl … Andererseits, war an der Sache vielleicht etwas faul. Nun stand ich doch auf und schlich mich zum Zimmer unserer Großmutter, um Allegra nicht zu wecken. Wahrscheinlich musste ich nur fragen und dann hatte ich des Rätsels Lösung.

TokTokTok. Zaghaft pochte ich gegen das glatte Mahagoniholz und wartete darauf, von der strengen, großmütterlichen Stimme hereingebeten zu werden.

"Großmutter, ich wollte…", fiel ich förmlich mit der Tür ins Haus und stockte bei ihrem Anblick. Sie wirkte plötzlich noch verletzlicher als bei unserer ersten Begegnung im Krankenhaus und ihr Wesen schien so zerbrechlich.

"Ja?", fragte sie und schniefte rasch. Ich wusste, dass sie mit ihrer harschen Stimme alles Emotionale verstecken wollte, doch das gelang ihr nicht. Und mit einem Mal wusste ich, dass ich Großmutter dies nicht so einfach fragen konnte, denn dahinter musste noch viel mehr stecken.

"Ich wollte dir nur Bescheid geben, dass es Allegra nicht so gut geht und sie jetzt schläft…", ergänzte ich den begonnenen Satz anders als geplant. Sie nickte, sagte aber nichts und somit verschwand ich rasch wieder. Eigentlich wollte ich mich wieder unverzüglich in mein Zimmer begeben, aber als ich durch die Gänge zurücklief, blieb mein Blick, an einer Kommode hängen, die gedungen in einer Ecke stand, so als hätte sie jemand dort verstecken wollen. Mit einer Hand fuhr ich über das alte Holz und sog seinen Duft ein. Kurz zögerte ich, ob ich mich an dieser Kommode vergreifen sollte, doch dann öffnete ich die Schublade einfach.

"Sie lässt sich öffnen und ist nicht abgesperrt…", freute und wunderte ich mich zugleich. Die große Schublade war wie eine Schatztruhe mit wertvollen Erinnerungen gefüllt. Als erstes fiel mir eine zusammengerollte Papierrolle in die Hände. Ganz vorsichtig, so dass das dünne Papier nicht abbröselte oder riss, rollte ich es auf und erstaunte, denn, was darauf abgebildet war sah aus wie eine Schatzkarte. Mehrere bunte Linien kreuzten das vergilbte Papier und mündeten in ein fettes rotes Kreuz.

"Die Verschwörung gegen die jüdischen Mitbürger…", murmelte ich nachdenklich und zog dann eine kleine Schatulle hervor. Wie in Zeitlupe hob ich den Deckel ab und zum Vorschein kam auf einem Samtkissen liegend eine Goldkette. Die Perlen, die das Kettchen zierten, sahen sehr merkwürdig aus, so wie … ja so wie Zähn…. Mit einem Schauder wollte ich wieder alles zurücklegen, als mir eine kleine Schrift auf der Innenseite des Deckels auffiel…

"Familie Gutherz, Herr und Frau Rosenrauch, Fräulein Ehrenreich", entzifferte ich die Schnörkel und ließ vor Schreck den Deckel fallen. Rasch räumte ich alles zurück und eilte in unser gemeinsames Schlafzimmer. Ein einziger Satz pochte gegen meine Kopf: *Die Verschwörung*

Viviens Notizbuch: Erkenntnisse zur Verschwörung gegen jüdische Mitbürger

Heute, am ersten Tag unserer Ankunft, war ich in der Dorfbücherei, als ich zufällig ein Gespräch, zwischen einer Kundin und der Bibliothekarin mitbekommen habe. Es gehe das Gerücht einer Verschwörung gegen jüdische Mitbürger im Hause der Lady Sonnenstern um!

Außerdem zeigt sich meine Großmutter Erna-Luise in zwei gegensätzlichen Charakterzügen- dermzerbrechlichen und dem herrischen. Ich bin mir ziemlich sicher, dass ersterer etwas mit dieser Verschwörung zutun hat. Zudem wich sie dem Gesprächsthema "Großvater" und "Geld" aus. Am späten Abend fand ich in einer Kommode in einer Ecke am Ende des Flures im Westturm eine alte Kommode, deren Fächer nicht verschlossen waren. Darin befanden sich nicht nur eine Schatzkarte, sondern auch eine Kette mit vergoldeten Perlen, die wie Zähne aussehen! Irgendetwas ist dort faul!

Allegra:

Am nächsten Morgen wachte ich früh auf und verbrachte meine Zeit damit, auf der Fensterbank zu sitzen und zum Fenster hinaus zu starren, das Fotoalbum im Arm.

"Allegra?" Die fragende Stimme meiner Schwester ertönte hinter mir.

"Ich wollte dir doch gestern Abend etwas anvertrauen…", begann sie.

"Ja, was denn?" Ich rollte zu ihr herüber. Vivien setzte schon an, als im selben Moment plötzlich unsere Großmutter in der Tür stand.

"Ihr müsst runterkommen! Dort sind zwei Polizisten… Es geht um den Unfall!", keuchte sie, als sei sie die Treppe hinaufgerannt.

"Um den Unfall?", wiederholte ich monoton und begann zu zittern. Doch für lange Reden wsr anscheinend keine Zeit, denn schon ergriff Oma die Griffe meines Rollstuhls und wir bewegten uns in Richtung Aufzug.

Das Blut in meinen Ohren rauschte mindestens so schnell wie der dampfende Tee aus der Kanne in die Tasse floss, den das Hausmädchen

Ida den Polizisten einschenkte. Mein Herz raste und meine Augen beobachteten die Polizisten bei jeder Bewegung.

"Sie wissen, warum wir hier sind, Frau Sonnenstern?", fragte der Kräftigere der Beiden und ich nickte.

"Der Unfall…", brachte ich hervor.

"Die Kollegen aus ihrer Heimatstadt haben uns beauftragt Ihnen zu übermitteln, was der Auslöser war und…", fuhr der Andere fort.

"Das weiß ich doch schon längst… Es war meine Schuld… Ich bin doch noch Fahranfängerin und habe bestimmt irgendeinen dummen Fehler gemacht!", unterbrach ich ihn.

"Allegra, das ist doch Unsinn!", beschwichtigte Vivien und die Polizisten tauschten verwirrte Blicke.

"Keinesfalls, Frau Sonnenstern. Sie trifft keine Schuld." Der

Kräftige warf einen Blick auf einen Zettel.

"Es war auch kein Unfall… Die Bremse…"

"Die Bremse?", hakte Oma nach.

"Irgendwer muss daran herum geschraubt haben, so dass Sie unfähig waren zu bremsen." Er blickte von seinem Zettel auf. "Das ist bei den Ermittlungen herausgekommen!"

"Sabotage?", fragte Vivien ungläubig und ich schüttelte ungläubig den Kopf, der Polizist allerdings nickte.

"Haben Sie einen Verdacht oder eine Vermutung, wer es gewesen sein könnte?", fragte er nun und zog einen Stift hervor.

"Natürlich nicht!", murmelte ich völlig fassungslos.

"Naja… Haben Sie Feinde?", fragte der Dünnere daraufhin vorsichtig. Allegra und ich schüttelten aufs Stichwort den Kopf, doch Oma erhob sich, verschränkte die Arme vor der Brust und schaute in die Ferne. "Das weiß man nie so genau…" Seufzend drehte sie sich wieder um und fragte mit wieder "normaler Stimme": "Und nun?"

"Es muss ermittelt werden, wer für die Sabotage verantwortet hat. Auf denjenigen wird dann natürlich eine Strafe zukommen. Also, falls Ihnen noch etwas einfällt oder ein Verdacht kommt etc. dann rufen Sie uns an. Hier ist die Visitenkarte, auf der die Telefonnummer hinterlegt ist. Wir werden mit den Kollegen Ihrer Heimatstadt, die vor Ort ermitteln, nun kooperieren. Wir sind damit auch Ihre Ansprechpartner!" Damit verabschiedeten sich die Beamten und unsere Großmutter geleitete sie zur Tür.

"Das wird mir langsam alles zu viel!", stöhnte Vivien und erhob sich ebenfalls. Erst dieser Vorfall gestern und dann die Sabotage… Was ist denn nur los?" Sie rieb sich über die Stirn, als

wolle sie einen klaren Kopf
bekommen.

"Gestern Abend?", fragte ich,
obwohl ich überhaupt nicht richtig
zuhörte. Meine Gedanken kreisten
nur um die Geschehnisse und
Schicksalsschläge meiner Familie.

"Ach, ist nicht so wichtig…",
erwiderte sie und schob mich
wieder zurück in den Turm.

Vivien:

Jetzt war es also alleine meine
Verantwortung, wenn ich bezüglich
der Verschwörung etwas unternehmen
wollte. Allegra hatte ich nun doch
nichts erzählt, denn diese
zusätzliche Belastung wäre einfach
zu viel für sie geworden. *Ich
alleine* musste jetzt herausfinden,
was es damit auf sich hatte,
obwohl ich keine Ahnung hatte, wo
und wie ich anfangen sollte.
Wahrscheinlich müsste ich erneut
hinunter ins Dorf gehen, und mich
umhören. Von unten hörte ich die
Türglocke läuten, ignorierte diese

und schnappte mir mein Notizbuch mit den ersten Erkenntnissen.

"Los geht es!", murmelte ich vor mich hin und sah mich prüfend im Zimmer um, um zu sehen, ob ich etwas vergessen hatte.

"Los geht es? Ich bin doch gerade erst angekommen!", erklang hinter mir eine Stimme, die ich kannte und die ich liebte.

"Clemens!", schrie ich, ließ das Notizbuch fallen und rannte ihm in die Arme. "Du bist gekommen!" Ich spürte wie seine großen, starken Hände meine Hüften umfassten und vor lauter Glück schmiegte ich mich an seinen Hals. So geborgen hatte ich mich ewig nicht gefühlt. "Ich hab dich so vermisst!", schluchzte ich in sein Ohr und er strich sanft über meine Wange.

"Jetzt bin ich ja da! Und ich werde es auch immer bleiben…"

"Clemens, ich…"

"Schhh…" Er legte mir einen Finger auf meine Lippe und küsste mich zärtlich.

"Oh, Clemens! Es ist so unheimlich viel passiert… Alles an nur zwei Tagen! Ich muss dringend mit dir reden!", setzte ich abgehetzt an als ginge es um Leben und Tod.

"Gleich, Vivi… Gleich!" Er setzte sich auf mein Bett und streckte sich genüsslich. "Die Fahrt war echt anstrengend." Gähnend reckte er die Beine.

"Ja… Aber es ist so wichtig! Bitte!", flehte ich.

"Das wird bis später Zeit haben…" Er blieb bei seiner Meinung.

"Na, schön. Aber ich muss jetzt noch im Dorf etwas erledigen. Du kannst dich ja solange mit Allegra beschäftigen… Das wird sie von ihrem momentan autistischen Leben ablenken. Bis dann." Etwas enttäuscht darüber, dass er mir nicht zuhörte und mich nicht

unterstütze, machte ich mich auf
den Weg.

Ziemlich verärgert fuhr ich mit
dem Rad ins Dorf. Warum wollte mir
keiner zuhören? Ich wünschte mir
für diese Situation doch einfach
nur Unterstützung, Erfahrung und
Hilfe… Doch anscheinend sollte ich
das alles ganz alleine schaffen!
Man konnte die Geschichte mit den
Juden mit einem Puzzle
vergleichen. Die Teile hatte ich
bereits zusammen, doch sie wollten
nicht recht zueinander passen. Und
woher sollte ich wissen, wie viele
solcher Teile es noch gab.
Verschwörung gegen die jüdischen
Mitbürger… Ein Wort, das momentan
mehr und mehr in meinem Hirn
herumschwirrte. Aber, was hatte es
eigentlich damit auf sich? Was
genau war damit gemeint? Wurden
die Juden im Hause Sonnenstern
gequält? Gab es eine Art Sekte?
Gedankenverloren bog ich um eine
Ecke, ohne überhaupt zu wissen,
was und wohin ich wollte.

"Mädchen! Vorsichtig!", erschallte da plötzlich eine barsche Männerstimme vor mir und erschrocken riss ich die Augen auf. Der Mann, dem diese Stimme gehörte, stand direkt vor mir auf dem Gehweg. Er blieb einfach stehen, ich versuchte lebhaft auszuweichen, doch ich prallte gegen ihn und wir beide landeten unsanft auf dem harten Asphalt.

"Hast du keine Augen im Kopf?", schrie er mich wütend an und ich suchte meinen Körper nach Kratzern oder Verletzungen ab.

"Entschuldigung…", murmelte ich durcheinander und unterzog ihn einer schnellen Musterung. Dunkler Anzug, dunkle Schuhe, Krawatte und ein Stapel bedrucktes Papier im Arm.

"Wer bist du eigentlich? Ich hab dich hier noch nie gesehen…", frage er dann, erhob sich und klopfte sich den Staub von den Kleidern.

"Ich wohne auch nicht hier… Ich bin mit meiner Schwester nur zu Gast bei unserer Großmutter, der Lady Sonnenstern.", erklärte ich und erhob mich ebenfalls.

"Die alte Sonnenstern!" Er nickte wissend und seine Augen begannen zu leuchten.

"Nun denn. Ich muss dann. Schönen Aufenthalt noch!", rief er und eilte sogleich davon. Kaum, dass er da verschwunden war, wo ich hergekommen war, erblickte ich ein bedrucktes Papier, was dem Herrn wohl bei unserem Sturz abhanden gekommen war. Ich hob es auf und wollte ihm noch hinterher rennen, als ich las, was dort geschrieben stand:

"Die Verschwörung gegen die jüdischen Mitbürger im Hause Sonnenstern ☺

Eberhard-Ludwig Sonnenstern war im zweiten Weltkrieg ein KZ-Aufseher, der aus Mordlust die

Juden umbrachte! Niemand wusste dies, außerseine Frau Erna-Luise Sonnenstern. Aber anstatt dieses Verbrechen anzuzeigen, was ihre Pflicht als treue Bürgerin gewesen wäre, sieht Erna-Luise Sonnenstern mit an, wie sich Eberhard-Ludwig nach dem Krieg zur Bürgermeisterwahl aufstellen lässt. Und alle wählten ihn, er wurde Bürgermeister – der Judenhasser! Dies soll nun ganz Selo erfahren, damit die Gerechtigkeit siegt!"

Ich blickte auf und mir wurde ganz schlecht. Entsprach das wirklich der Wahrheit? Und warum schleppte dieser Mann den Zettel mit sich herum und dann auch noch in der Öffentlichkeit? Ich erkannte unter dem Text eine handschriftliche Unterschrift, doch die zu entziffern schien schier unmöglich. Somit hatte ich jetzt das vierte Puzzlestück, das die bisherigen Fakten erneut tüchtig durcheinander wirbelte. Doch dieses Papier würde ich an mich nehmen!

Viviens Notizbuch: Erkenntnisse zurVerschwörung gegen jüdische Mitbürger:

An unserem zweiten Tag in Selo bin ich erneut ins Dorf gefahren. Dort stieß ich mit einem fremden Mann in Anzug und Krawatte zusammen. Er trug eine Menge Papierkram bei sich und verlor durch den Zusammenstoß eines dieser Blätter. Ich weiß nicht, ob es Zufall oder Schicksal war, aber auf diesem Papier stand die Verschwörungstheorie gegen jüdische Mitbürger, die im ganzen Dorf meiner Großmutter angehangen wird… Ich weiß weder, wer dieser Mann war und ob diese Theorie der Wahrheit entspricht. Auch kann ich die Unterschrift unter dem Text nicht entziffern. Ein weiteres Puzzleteil…

Allegra:

Sabotage war das neueste Wort, das in meinen Gedanken den Mittelpunkt bildete. Erleichtert darüber, dass nicht ich die Schuld am Tod meiner Eltern trug, zerbrach ich mir nun den Kopf darüber, wer uns sabotierte und warum! Wer wollte meine Familie auslöschen? Wem hatten wir etwas so Furchtbares angetan, dass man uns nach dem Leben trachtete?

"Woran denkst du, Allegra?", rief Clemens von Allegras Bett herüber und lächelte mich an.

"Woran wohl…", entgegnete ich augenverdrehend und er betrachtete mich mitleidig. Und in diesem Augenblick schien plötzlich alles einen Sinn zu ergeben! Einzelne Satzfetzen und Symbole setzten sich in meinem Kopf zu einem Bild zusammen! Sie wusste nun, wer für den Tod ihrer Eltern verantwortlich war.

"Ich bin wieder da!" Vivien betrat kurz drauf das Zimmer und sah müde und abgehetzt aus. Sie gab Clemens einen Kuss und während sie dies tat, wurde ich so wütend und ballte die Hände zu Fäusten! Wie konnte sie nur? Wie konnte sie diesen Verräter küssen.

"Können wir jetzt reden, Clemens?", fragte sie und nahm ihn schon bei der Hand, als ich sie zurückhielt.

"Vivien, vorher möchte ich dich noch sprechen."

"Jetzt?" Meine Schwester drehte sich um.

"Sofort und allein!", erwiderte ich kalt.

Sie wechselte einen kurzen Blick mit Clemens, willigte dann ein. "Na, dann… schön! Lass uns hinunter gehen, in den Park. Dort sind wir ungestört!"

Der Himmel war das Gegenteil meiner düsteren Stimmung - hellblau mit einer goldenen Sonne, die immer noch hoch am Himmel stand. Vivien schob mich über den Kiesweg, wobei die weißen Steinchen unter ihren Schuhen knirschten. Außer dem Gärtner war keine Menschenseele hier.

"Also?", fragte sie erwartungsvoll und ich holte tief Luft.

"Ich weiß es!"

"Was weißt du?"

"Wer die Bremse des Autos sabotiert hat!", ergänzte ich. Jetzt war es raus.

Vivien stoppte augenblicklich und drehte mich zu sich um. "Bitte? Sag das nochmal!" Mit großen Augen wartete sie auf ein Anzeichen, dass der eben gesagte Satz nur ein Scherz war.

"Damit würde ich nicht scherzen! Ich weiß es!"

"Ja? Und? Sag schon! Wer? Wir müssen den Kerl doch für diese Tat bestrafen!" Wütend ging sie auf und ab.

"Vivien… Ich bin mir ziemlich sicher, dass du da gleich anders drüber denken wirst…", zögerte ich.

"Was? Wieso? Sag es!", forderte
meine Schwester.

Ich ergriff ihre Hände und drückte
sie ganz fest.

"Den Namen!" Streng sah sie auf
mich herab und plötzlich fühlte
ich mich in diesem Rollstuhl ganz
klein.

"Clemens!" Jetzt hatte ich es
ausgesprochen und voller Erwartung
sah ich zu Vivien auf. Diese zog
ihre Hände zurück und starrte mich
an, als sei ich ein Alien.

"Warte… Ich schließe jetzt die
Augen und wenn ich sie wieder
öffne, liege ich in meinem
Himmelbett und alles war ein
verrückter Traum!", lachte Vivien
seltsam.

"Vivien! Lass den Quatsch!",
schrie ich sie schon fast an.

"So Clemens? Was veranlasst dich
zu dieser Aussage?" Sie
verschränkte die Arme vor der
Brust und funkelte mich gefährlich
an.

"Merkst du denn gar keinen Zusammenhang? Ihr habt euer gemeinsames Wochenende auf den gleichen Tag gelegt, wie wir unser Familienpicknick." Erwartungsvoll wartete ich auf eine zustimmende Reaktion.

"Wow! So ein Zufall!" Vivien ging den Kiesweg weiter entlang.

"Du verstehst nicht." Verzweifelt und so schnell wie nur möglich rollte ich ihr hinterher. "Versteh mich doch! Clemens muss das von Anfang an geplant haben! Er hat euren Ausflug absichtlich auf den gleichen Tag gelegt wie das Familienpicknick. Und er hat mein Auto sabotiert, um uns auszulöschen. Unsere Eltern und mich! Bei mir hat das jetzt natürlich dummerweise nicht so geklappt!"

"Spinnst du jetzt völlig? Aus welchem Grund würde er so was tun sollen? Warum?", brüllte sie mich an.

"Das Geld! Das Geld unserer Großmutter… Wenn er unsere Eltern und mich ausgelöscht hat, dann heiratet er dich und ist mit dir alleiniger Erbe des ganzen Geldes!"

Fassungslos starrte sie mich an! "Ich glaube du leidest unter Warnvorstellungen! Wie viel blühende Fantasie muss man denn aufbringen, um sich so eine Geschichte auszudenken?"

"Es ist keine Geschichte! Es kam mir eben in die Gedanken wie eine Eingebung!"

"Wenn das stimmen würde, dann hätte Clemens mich nie geliebt! Dann hätte er mich von Anfang an nur benutzt und instrumentalisiert, nur um an dieses Geld zu gelangen." Sie hielt Inne, blieb stehen und drehte sich zu mir um. "Und wenn du das wirklich glaubst, dann kennst du erstens Clemens nicht und dann habe ich mich zweitens 22 Jahre lang in dir getäuscht!", fügte sie mit erstickter Stimme hinzu.

"Vivien, ich muss bei der Polizei anrufen und denen davon berichten!", sagte ich ernst und Vivien erstarrte.

"Wenn du das tust…", sagte sie leise, aber bedrohlich.

"Ich muss!", versicherte ich ihr, damit sie Verständnis zeigte.

"Du hast doch keine Beweise und nichts!", schrie sie dann wieder aufgebracht.

"Ich muss es tun! Das hat der Polizist doch gesagt! Es ist sozusagen meine Pflicht!"

"Du machst das doch nur, um deine nicht endende Eifersucht zu stillen! Ich habe nämlich einen Freund und damit eine Familie! Du hast nichts und niemanden, weil es nämlich niemand mit der aushält! Also ertrinke bloß nicht in Selbstmitleid und tue, was du für nötig hältst! Aber dann kenne ich dich nicht mehr!", schrie Vivien.

Ihre harten Worte schallten laut von den Steinmauern wieder, was mir den doppelten Schmerz zufügte. Sie ließ mich einfach stehen und rannte zurück ins Haus. Ich stand alleine auf der Wiese, zurückgelassen, vergessen und ohne jegliches Verständnis der Anderen.

Der schwarze Mann:

Genervt von dem ganzen Tag kam ich mit einem Stapel Papierkram in meiner Dreizimmer-Wohnung an. Jetzt konnte ich mich endlich den wirklich wichtigen Dingen widmen, dazu benötigte ich nur noch die Verschwörungstheorie gegen die jüdischen Mitbürger. Die musste relativ weit oben auf dem Stapel mit den Papieren liegen. Doch… da war sie nicht… Ganz ruhig…. Einmal alles durchsehen, dann würde ich sie schon finden! Und ein zweites Mal… Das … nein… Das konnte nicht sein! Die Theorie war verschwunden! Mein Herz begann schneller zu schlagen… Wie konnte ich auch nur so blöd sein und dieses Blatt in der Öffentlichkeit mit mir herumschleppen, wenn es jetzt jemand fand… Doch… Moment mal! Der Zusammenstoß mit dem Mädchen, mit der Enkelin der alten Sonnenstern … Entweder, das Blatt lag noch dort oder das Mädchen hatte es mitgenommen … Und dann! Gnade ihr Gott!

Vivien:

Ich hatte das Gefühl, dass plötzlich die ganze Welt verrückt spielte. Wieso befanden wir uns alle plötzlich in so verzwickten Lagen und wieso kamen alle durch Kombinationsgabe und blühende Fantasie auf so verrückte Ideen. Nach dem Streit mit Allegra tat es mir jetzt leid, dass ich sie so runtergezogen hatte durch meine harten Worte. Doch sie hatte meine Liebe zu Clemens in Frage gestellt und das machte mir schwer zu schaffen… Clemens, der liebste, freundlichste und ehrlichste Mensch den ich kannte! Am liebsten hätte ich ihm alles erzählt und mich bei ihm ausgeheult. Doch… irgendetwas hielt mich davon ab…

Auch hatte ich ihm die Geschichte zu der Verschwörung gegen die jüdischen Mitbürger nun nicht erzählt. Ich konnte ihn nicht einweihen! Nicht, weil ich ihm nicht vertraute, sondern weil ich ihn nicht mit hineinziehen wollte. Wer weiß, wie gefährlich diese Situation werden würde… Da musste ich jetzt alleine durch, wobei mir selbst diese ganze Situation sehr heikel und nicht geheuer vorkam. Es war alles so verwirrend… So ging ich an diesem Abend einfach früh schlafen. Morgen war schließlich auch noch ein Tag.

Allegra:

0177289431 – Die schwarzen Zahlen der Handynummer eines Polizisten aus Selo auf der Visitenkarte, die vor mir auf dem Tisch lag, schienen mich mittlerweile höhnisch anzulächeln und zu schreien: "Tipp uns in dein Handy ein!" Ich wusste gar nicht, wie lange ich schon davor saß, irgendwann hatte ich die Zeit wohl aus den Augen verloren. Mein Blick wanderte die ganze Zeit von dem Telefon in meiner Hand zu der Visitenkarte und wieder zurück. Und jedes Mal, wenn ich die Null schon eingetippt hatte, hörte ich Vivies entsetzte Stimme in meinem Kopf und löschte die Zahl wieder. Andererseits bekam ich keine ruhige Minute mehr. Das, was ich gestern Clemens betreffend eins zu eins zusammenzählen konnte… *Er* war der Schuldige! Ich wusste es… Andererseits hatte ich wirklich keine richtigen Beweise, außer meinem Bauchgefühl. Doch viel größer war die Angst, Vivien zu verlieren. Clemens war ihre große Liebe und deshalb hielt sie zu ihm. Man spricht schließlich auch von "Blind vor Liebe". Aber wenn ich tief in mich ging, dann wusste ich auch, dass ich Vivien ohnehin schon mit Clemens teilen musste. Er war jetzt seine Familie! Natürlich handelte es sich hier nicht um Eifersucht! Ich wollte einfach nur Gerechtigkeit, für mich und meine verstorbenen Eltern!

"Guten Morgen!" Clemens betrat verschlafen unser Zimmer und gähnte. "Wo ist Vivien?", brachte er fragend unter den Gähngeräuschen hervor.

Bei diesen Worten ballte ich die Fäuste. Was wollte er? Dieser Mörder?! Dennoch deutete ich halbwegs gefasst und stumm auf einen Zettel. Vivien war schon früh irgendwohin aufgebrochen und hatte nur diesen Zettel zurückgelassen:

Ich bin im Dorf. Bis später. Vivi

Auch das verstand ich nicht… Warum fuhr sie immer runter ins Dorf, wenn wir Probleme zu klären hatten? Irgendwem musste ich mich doch anvertrauen. Großmutter!, schoss es mir da durch den Kopf. Mit ihr könnte ich über Clemens und die Sabotage sprechen, denn sie hatte Lebenserfahrung und würde auch direkt handeln. Sie wusste, was zu tun wäre!

"Frau Sonnenstern!", drang da Clemens Stimme an mein Ohr.

"Ist Ihnen nicht wohl?", hakte er besorgt nach und nun drehte auch ich mich um. Am Türrahmen lehnte meine Großmutter, blass und zittrig suchte sie dort nach Halt. Ihre Augen spiegelten das blanke Entsetzen wieder und besorgt rollte ich zu ihr herüber.

"Großmutter? Was ist passiert?", fragte ich leise und sie hob eine Hand, in der sich das Telefon befand.

"Vivien…", hauchte sie und mein Herz verkrampfte sich vor Angst.

"Was ist mit Vivien?" Auch Clemens stürmte herüber.

"Die Polizei hat mich informiert… Sie hatte einen Fahrradunfall… Und man will uns nicht am Telefon sagen, was genau mit ihr ist!" Ihr Flüstern schien beinahe in Heiserkeit zu ersticken. Clemens schüttelte fassungslos den Kopf und ich schlug die Hand vor den Mund. "Nicht Vivien!"

Ich hatte gar nicht richtig mitbekommen, wie man mich und den Rollstuhl in den Oldtimer verfrachtet hatte. Dort saß ich wie in einer Starre. Erst vor knapp einer Woche hatte ich meine Eltern… Vivien musste leben! Ich brauchte sie doch… Sie war meine geliebte Schwester! Sie durfte doch nicht sterben… Über mehr dachte ich nicht nach, sprechen konnte ich auch nicht – meine Kehle war wie zugeschnürt. Am Krankenhaus bemerkte ich wieder kaum etwas. Erst als es um uns herum nach Desinfektionsmittel roch und genervte Schwestern an uns vorbeihetzten, realisierte ich wieder etwas. Eine Ärztin kam auf uns zu.

"Kann ich ihnen helfen?", fragte sie und stellte sich während des Händeschüttelns mit Oma vor. "Dr. Kesse!"

"Wir suchen meine Enkelin… Sie wurde nach einem Fahrradunfall eingeliefert."

"Und ihr Name?"

"Vivien Sonnenstern!"

"Ah, Sie sind das! Na, dann kommen Sie Drei mal mit!" Dr. Kesse ging voraus und führte uns zu Vivien.

"Das hier ist aber nicht die Intensivstation?", lachte Clemens hinter mir nervös, als die Ärztin hielt.

"Leider doch…"

"Was hat Vivien?", brachte ich schließlich hervor.

"Sie ist bei dem Unfall heftig auf den Kopf gestürzt. Das hat nicht mal der Helm überlebt. Dabei kam es allerdings zu starken Hirnblutungen. Wir mussten sichergehen, dass der Kopf wie auch der Körper ruhig gestellt sind, weshalb wir sie ins künstliche Komma versetzen mussten!", erklärte sie und ging einen Schritt zur Seite, womit sie den Blick auf eine Art Kammer freigab, die komplett mit Glasscheiben eingefasst war. Durch das Glas erblickte ich Vivien. Ich rollte hinüber und presste Gesicht und Hände gegen das Glas. Sie lag in einem Bett mit hohen, kalten und ausladenden Gitterstäben unter einer weißen Decke. Ihr Arm hing an einem Tropf und Vivien war an ein Beatmungsgerät angeschlossen.

"Nein!", flüsterte ich und spürte eine warme Träne auf meiner Wange.

"Wann wird sie wieder aufwachen?" Ich drehte mich wieder um.

"Das ist noch ganz unklar, aber vermutlich nicht so schnell…"

"Und können wir zu ihr?", fragte Oma, doch es folgte ein erneutes Kopfschütteln.

"Wie ist es passiert? Wie kam es zu dem Unfall?", fragte dann auch Clemens.

"Auch das ist noch unklar. Die Polizisten ermitteln da gerade, aber sie werden Ihnen Bescheid geben." Dr. Kesse besah unsere traurigen Gesichter.

"Gehen Sie nach Hause! Sie werden informiert, wenn es etwas Neues gibt. Aber jetzt hier zu bleiben, tut Ihnen nicht gut."

Oma drehte schon schweigend meinen Rollstuhl um, als die Ärztin doch nochmal zu mir kam. "Dieses Notizbuch hatte Ihre Schwester bei sich. Die persönlichen Sachen geben wir den Angehörigen immer mit!" Sie reichte mir ein kleines pailettenbesetztes Büchlein und ich ergriff es.

"Allegra… Darf ich das Büchlein nehmen?", fragte Clemens und trat neben mich.

"Nein!", erwiderte ich schnippisch und drückte das Büchlein an mich. Doch in meinem Inneren erdrückten mich erneut die Schuldgefühle… Ich war das! Hätte ich Vivien nicht so aufgeregt wegen Clemens, würde sie wahrscheinlich jetzt nicht im Komma liegen. *Ich* war es!

Clemens hatte sich direkt in den Westturm verzogen, während Oma und ich nun auf der weitläufigen

Terrasse saßen und uns Tee
servieren ließen. Wir sagten
nichts, absolutes Schweigen, und
jede von uns schien ihren eigenen
Gedanken nachzuhängen. Meine
befassten sich mit dem Thema
Clemens… Ich musste es Oma jetzt
endlich sagen, sonst würde ich
verrückt werden!

"Großmutter… Ich muss mit dir
reden!" Ein erstaunter Blick
meines Gegenübers traf mich,
nachdem ich sie angesprochen
hatte.

"Ja?"

"Ich denke ich weiß, wer die
Sabotage an dem Unfall vorgenommen
hat…"

Oma fiel fast die Kinnlade
herunter. "Du weißt, wer deine
Eltern umgebracht hat?"

Ich nickte und dann erzählte ich
ihr die ganze Geschichte, die sich
mir am Abend zuvor scheinbar
aufgetan hatte. Nach Beendigung
dieser Erzählung erwartete ich

schon, dass sie mich auslachen würde, doch es folgten große Augen, aber ein Schweigen.

"Wenn er das wirklich getan hat, dann gnade ihm Gott!", durchbrach sie sie Stille und atmete schnell. "Und dann…", setzte sie an.

"Lady Sonnenstern!" Idas Stimme unterbrach sie und wir drehten uns um. "Da ist ein junger Mann, der eine Arbeit sucht und darum bittet, vorgelassen zu werden."

Oma nickte und kaum zwei Minuten später schob Ida einen jungen Mann herein. Seine Augen leuchteten meeresblau, seine kurzen, lockigen Haare schimmerten schon fast gülden und er war groß und stark gebräunt.

"Guten Tag!", lächelte er und bei seiner Stimme erschrak ich. Ich besah ihn erneut und dieses Mal fielen mir fast die Augen aus dem Kopf, was auch Oma nicht verborgen blieb.

"Taro?", fragte ich zaghaft nach und sein Blick galt nun ganz mir. Auch er öffnete überrascht die Augen.

"Allegra? Allegra Sonnenstern? Was machst du denn hier? Und… Was machst du in einem Rollstuhl?"

"Herr… Taro. Wir können auch später über ihre Tätigkeit reden. Was halten Sie von einem Spaziergang mit Allegra?" Oma erhob sich und nur wenig später fuhren bzw. gingen wir durch den Park.

Seit meiner Kindheit kannte ich Taro. Unsere Eltern waren gemeinsam mit uns in der Krabbelgruppe. Es folgte die gemeinsame Kindergartenzeit und dann die Grundschule. Auch dort haben wir immer nebeneinander gesessen und unsere Pausenbrote geteilt. Schließlich kamen wir auch auf das gleiche Gymnasium, allerdings nicht in eine Klasse. Anfangs war ich totunglücklich, doch ich kam darüber hinweg. Ernst wurde es in der Mittelstufe, als ich ungefähr 15 Jahre alt war. Taro begegnete mir vielleicht zweimal pro Tag auf dem Schulhof und jedes Mal flatterten Schmetterlinge in meinem Bauch und ich wurde sehr nervös. Anfangs konnte ich dies überhaupt nicht zuordnen, bis mir klar wurde, dass ich verliebt war. Und das hatte sich bis heute nicht geändert… Den Mut es ihm zu sagen, habe ich nie aufbringen können. Ich hatte immer nur beobachtet, wie Taro der Schwarm aller Mädchen war… Als mir bewusst wurde, dass es wirklich Ernst war, und ich es ihm endlich sagen wollte, ging er zum Studieren ins Ausland. Das war vor vier Jahren und ich war bis heute nicht darüber hinweggekommen.

"Was ist passiert?", fragte Taro, als wir nebeneinander hergingen.

Ich zögerte, doch dann erzählte ich ihm die ganze Geschichte bis

zum heutigen Tag und er hörte
ruhig zu. Als ich schließlich
endete kniete er sich in meine
Höhe und ergriff eine Hand.

"Allegra… Das tut mir unendlich
leid, alles… Und wenn ich
irgendwas für dich tun kann, dann
sag es nur…", flüsterte er sanft
und ich spürte wieder dieses
Herzklopfen in meiner Brust.

"Und bei dir? Das Studium?",
lenkte ich also ab.

"Ich habe es letzten Monat
abgeschlossen und wollte nun
zurück in die Heimat. Jetzt suche
ich nach einem Job für die
Zwischenzeit."

"Und da verschlägt es dich
ausgerechnet nach Selo…. Was für
ein Zufall!"

"Ich haeb gedacht, dass ich dich
nie wieder sehen würde…",
flüsterte er und ich sah
überrascht auf.

"Du hast während der Zeit im
Ausland an mich gedacht?"

"Was denkst du denn? Du warst für mich das coolste und hübscheste Mädchen der Schule… Ich war untröstlich als wir auf dem gymnasialen Zweig nicht mehr jede freie Minute gemeinsam verbringen konnten…", seufzte er.

Ich fühlte mich geschmeichelt und spürte, wie meine Wangen eine rosige Farbe annahmen, weshalb ich mich abgewandt. Das war jetzt alles etwas zu viel…

"Lass uns zurück zum Haus... Ich würde mich gern ausruhen…

Meine Großmutter kam uns schon entgegen.

"Herr Taro…", keuchte sie. "Einen Job als wirklicher Angestellter werden Sie hier nicht mehr finden, aber ich gebe Ihnen das Zimmer neben Allegras Reich im Westturm und Sie kümmern sich, um meine Enkelin und lenken Sie von ihrem Schicksal ab. Als Gegenzug ist die Unterkunft bei uns kostenfrei!", lächelte sie. Taro schlug schon ein, als ich die Stirn runzelte.

"Aber, Großmutter, in diesem Zimmer wohnt doch Clemens…", warf ich ein.

"Keine Sorge! Ich habe Clemens gerade rausgeworfen und ich habe ihm auch verboten Vivien zu besuchen…"

Dieser Satz warf mich jetzt erstmal aus der Bahn und mein Herz schlug noch schneller… Clemens durfte Vivien nicht mehr besuchen? Sie war seine große Liebe und er war so schon am Boden zerstört… Plötzlich fühlte ich mich nur noch mies!

Ortvin van Vertheim:

Als ich am Morgen im Hause Sonnenstern läutete, wurde mir direkt persönlich von der Hausherrin geöffnet, was mich verwunderte, da sonst immer erst ein Hausmädchen um Vorlassung bat.

"Ortvin van Vertheim!", freute sie sich. "Was machst du denn hier? Hast du nicht viel zu viel zu tun, als Bürgermeister?"

"Das hier ist eine Tätigkeit als Bürgermeister, schließlich muss ich auch nach dem Wohl meiner Bürger sehen! Ich habe doch von deinem schweren Schicksal gehört!" Ich gab ihr zwei freundschaftliche Küsse auf die Wange.

"Ja, das war alles ziemlich viel auf einmal… Aber magst du nicht herein kommen? Allegra und ich frühstücken gerade und es ist genug vorhanden.", bat sie mir an.

"Oh, da sag ich natürlich nicht nein. Allegra ist deine Enkelin?" Wir betraten den Salon.

"Ja, die einzige aus unserer Familie, die noch so halbwegs im Leben steht - nach dem Tod ihrer Eltern und dem schweren Unfall ihrer Schwester, ist ihre Lähmung noch das kleinere Übel. Da ist sie auch schon." Wir erreichten die Terasse und sie deutete auf eine junge Frau, die im Rollstuhl am Tisch saß. Ihre langen, kastanienbraunen Löckchen flossen ihr über den Rücken und sie lächelte mich scheu an.

"Allegra, das ist Ortwin van Vertheim. Er ist der Bürgermeister unserer Stadt, der beste - natürlich nach deinem Großvater."

"Guten Morgen, Herr van Vertheim.", sagte die hübsche Allegra, doch ich winkte ab.

"Bitte, lassen Sie das Förmliche. Einfach Ortwin."

"Gut, dann bin ich Allegra." Mein Blick blieb an ihren wunderschönen Augen hängen.

Taro:

Nach einer ziemlich schlaflosen Nacht machte ich mich auf den Weg zum Frühstück. Die ganze Nacht kreisten meine Gedanken um dieses wunderschöne Mädchen: Allegra! Ich hätte es niemals zugegeben… Aber ich war in sie verliebt… nicht erst seit gestern… seit mindestens acht Jahren… Und nie hatte ich den Mut gehabt es ihr zu sagen… Und nun war es vielleicht zu spät… Wahrscheinlich wartete zu Hause ein wunderbarer Ehemann auf sie und ich war bloß eine kleine Abwechslung… Als ich auf der Terrasse ankam, saß auf der Terrasse zu meiner Überraschung neben Allegra und ihrer Großmutter ein junger Mann. Er saß ihr direkt gegenüber und beide tauschten diesen Blick… Nicht irgendeinen Blick, sondern diesen besonderen… Ich spürte einen Stich in meiner Brust und versuchte mein Gesicht nicht zu einer bösen Mine zu verziehen. Jetzt lachten beide über etwas und der Stich wurde immer heftiger…

"Guten Morgen!" Ich räusperte mich. Doch die Begrüßung wurde einzig von Lady Sonnenstern erwidert.

"Setzen Sie sich, Taro. Ida bringen Sie noch ein Gedeck!" Nach dieser Aufforderung setzte ich mich direkt neben Allegra, die mich nur halbherzig beachtete. Ihre völlige Aufmerksamkeit galt diesem Mann…

"Taro, das ist Ortvin, der Bürgermeister von Selo.", stellte sie ihn mir nun endlich vor. Es schien, als würden sie einander schon ewig kennen.

"Und Ortvin, das ist Taro - ein alter Schulfreund.", lächelnd wandte Allegra sich wieder voll und ganz diesem Ortvin zu. Dieser allerdings würdigte mich allerdings keines Blickes. Und noch viel mehr setzten mir ihre vorstellenden Worte zu - ein alter Schulfreund… Wie bedeutungslos es klang, sie schien keinen Schimmer zu haben, was sie mir bedeutete!

"Vielen Dank für den Kaffee. Aber ich werde dann auch mal wieder los müssen! Die Pflicht ruft." Er erhob sich und schenkte Allegra noch ein intensives Lächeln.

"Bezaubernde Allegra… Es war nett dich kennenzulernen. Wenn du möchtest, komme ich die Tage wieder vorbei.", schmeichelte er und deutete sogar einen Handkuss an! Was dachte sich dieser Trottel denn! Er kannte Allegra wohl kaum länger als eine halbe Stunde und flirtete schon mit ihr. Und warum spielte Allegra da mit? Oder vielleicht war ich ja auch der Trottel, der blind war! Vielleicht mochten sich die Beiden wirklich und ich stand nur im Weg… Ich hörte Allegras Großmutter noch einen Satz sagen, der meine Stimmung nicht gerade hob: "Ortvin, komm bitte wieder! Ich habe Allegra das erste Mal wieder lachen sehen…" Dann konnte ich ja einpacken, schließlich war ich ja hier, um Allegra aufzuheitern und erhielt dafür kostenlose Beherbergung. Die Wut staute sich in mir und schließlich ließ sie sich nicht mehr aufhalten: "Allegra… Was war denn das?"

"Der Bürgermeister hat meine Großmutter besucht und da hat sie uns miteinander bekannt gemacht. Er ist nett, nicht?" Allegra schien mein Entsetzen gar nicht zu merken.

"Aber ich bin doch da, um dich aufzuheitern!", rief ich ihr in Erinnerung und es folgte ein erstaunter Blick.

"Das eine schließt das andere doch nicht aus… Und irgendwie wirkt er so ungezwungen und unbeschwert - ganz natürlich glücklich… Und das lenkt mich ab… Ich sehe für einen kurzen Augenblick wieder das Gute im Leben…", flüsterte sie.

"Und durch mich siehst du das Gute nicht, oder was?", erwiderte ich schnippisch.

"Taro… Bist du eifersüchtig oder was?", lachte Allegra und ich begann innerlich zu kochen.

"Eifersüchtig, ich?" Ich lachte gekünstelt. "Ich habe alles, was ich brauche. Ich habe mich im Studium in eine Kommilitonin verliebt und wir sind seit knapp einem Monat verlobt!", hörte ich mich sagen und fragte mich im nächsten Moment, was ich da getan hatte… Ich hatte keine Freundin, ich war nicht verlobt und auch nicht glücklich… Und das würde ich auch bleiben - ein trauriger, einsamer Mann - denn gerade hatte ich der Frau, die ich liebe, gesagt, dass ich verlobt war!

Ihr Blick musterte mich - ein Blick, den ich nicht deuten konnte… Eine Mischung aus blankem Entsetzen und Überraschung.

"Verlobt?", fragte sie im Flüsterton und für mich gab es kein Zurück mehr - Ich nickte fest entschlossen.

"Sie heißt Sophie!", bekräftigte ich meine eigene Aussage und hätte mich im gleichen Augenblick am liebsten geohrfeigt! Warum hörte ich nicht auf zu reden?

"Und…", setzte Allegra an, wurde aber von einem lauten Stöhnen unterbrochen. Wir drehten uns beide erschrocken um und es folgte ein Keuchen. Allegra rollte sofort hin, ich folgte ihr.

"Großmutter!" Entsetzt beobachtete ich, wie Allegra Frau Sonnenstern vorfand - blass, zittrig und am Türrahmen haltsuchend… Sofort ergriff sie ihre Hand.

"Was hast du?", flüsterte Allegra tief besorgt und Frau Sonnenstern fasste sich schweigend an die Brust, dort wo sich das Herz befindet.

"Was ist mit deinem Herz?", fragte sie weiter.

"Ich brauche einen Arzt!", brachte Frau Sonnenstern unter verzweifelten Atemversuchen hervor.

"Taro…". Hilflos drehte sich Allegra um und ich ging zaghaft auf sie zu. Behutsam legte ich meine Hand auf ihre Schulter.

"Ich bin da!", flüsterte ich. In diesem Moment war mir alles egal- der blöde Ortvin, Sophie… In diesem Moment zählte nur Allegra und meine Liebe zu ihr!

Allegra:

Unruhig fuhr ich vor dem Schlafzimmer meiner Großmutter auf und ab.

„Jetzt bleib doch endlich mal stehen, Allegra! Du machst ja alle verrückt!", rief Taro, der gegen die Wand lehnte.

„Du hast gut reden! Weißt du wie es ist, einen lieben Menschen zu verlieren? *Ich* weiß es… Denn ich habe es nicht nur bei einem Menschen erlebt sondern bei gleich zweien. Bei den zwei Menschen, die mir am nächsten waren! Und vielleicht werde ich Vivien auch noch verlieren! *Du* hast doch alles, was dein Herz begehrt! Du hast eine Familie!" Richtig aggressiv drehte ich mich um.

Er erwiderte nichts mehr. Wir schwiegen wieder und ich rollte auf und ab.

„Taro… Ich habe Angst…!", flüsterte ich mit einem Mal und wandte mich doch wieder ihm zu.

"*Du* hast Angst?", überrascht musterte er mich.

"Ja, natürlich!"

"Du warst für mich immer schon das coolste und stärkste Mädchen der Schule und das bist du auch bis heute geblieben!", sagte er zaghaft und ich schenkte ihm ein ebenso zurückhaltendes Lächeln.

"Aber das bin ich nicht…", gestand ich dann. "Ich bin weder stark noch mutig… Ich bin einfach nur furchtbar!" Plötzlich rollten mir Tränen über die Wangen und ich ließ es zu. "Ich bin doch überhaupt an allem schuld… Vivien wollte mir die ganze Zeit etwas sagen und ich habe ihr nie zugehört, weil ich in Selbstmitleid erstickt bin und jetzt sehe ich sie vielleicht nie wieder! Und dieser ganze Unfall ist doch auch meine Schuld… Hätte ich Clemens nicht beschuldigt, dann hätte sie sich nicht aufgeregt und…"

"Hey…" Taro unterbrach meinen Redefluss und ergriff langsam meine Hand.

"Du bist perfekt, genauso wie du bist! Mit all deinen Fehlern… Und es ist schön, dass du dich so um deine Familie sorgst, das ist es schließlich, was dich ausmacht, Allegra!", beruhigte er mich und zog ein Taschentuch aus seiner Tasche. Sanft tupfte er mir die Tränen von der Wange.

"Denkst du denn immer noch, dass es Clemens war?", fragte er nach einer Weile.

"Ach… Mittlerweile weiß ich gar nicht mehr, was ich denken soll! Ich war mir so sicher, dass er kein Alibi hat! Aber es ist doch auch egal, wer es war! Egal wer es war… Diese Erkenntnis wird mir meine Eltern nicht zurückbringen!", schluchzte ich, plötzlich wieder am Boden zerstört.

"Allegra… Wenn wir es jetzt herausfinden, können wir für

Gerechtigkeit sorgen!" Felsenfest überzeugt schlug er mit seiner Faust auf die flache Hand.

"Wir?", fragte ich überrascht.

"Ich helfe dir! ... Wenn du das möchtest…", fügte er kleinlaut hinzu.

"Ja…", hauchte ich. "Wenn es deine Sophie erlaubt…", fragte ich.

"Ja, also wegen Sophie. Allegra, da…", begann er. Doch in diesem Moment wurde die Tür zu Großmutters Schlafzimmer geöffnet. Der Arzt trat heraus und ich rollte ihm entgegen.

"Wie geht es ihr?"

"Wir Ärzte benutzen da so gerne das schöne Wort, den Umständen entsprechend… Ihre Großmutter hat ein sehr schwaches Herz, was man heutzutage alles richten kann. In diesem Falle mit einem Herzschrittmacher.", erklärte er, klang aber nicht sehr zuversichtlich.

"Und?", hakte ich nach.

"Ihre Großmutter ist strikt dagegen und wenn wir ihr keinen Schrittmacher einpflanzen, dann wird sie nicht mehr sehr lange zu leben haben! Bitte sprechen Sie nochmal mit ihr! Es ist so wichtig!", bat er.

"Darf ich denn jetzt zu ihr?" Auf sein Nicken hin, öffnete ich leise die Tür. Das Zimmer war dunkel und kühl, nur das Lämpchen auf dem kleinen Nachtschrank spendete etwas fahles Licht.

"Großmutter?", fragte ich leise und in dem riesigen Himmelbett regte sich etwas. Im Licht erkannte ich ihr schmales, blasses Gesicht, umrahmt von scheeweißen Haaren, die einer Zuckerwatte gleich waren. Ihre Augen wirkten trübe und das ganze schien einem Trauerspiel gleich.

"Wie geht es dir?"

"Ich fühle mich schlapp und unendlich müde…", flüsterte sie kraftlos.

"Du weißt, dass es eine Chance für dich gäbe?", fragte ich ebenso leise.

"Nein! Die gibt es nicht… Ich habe mein Leben gehabt - ein langes Leben. Und ich möchte es nicht unnötig verlängern… Wenn es so sein soll, dann soll es eben so sein!" Ihre Stimme klang sehr bestimmt und ich wusste, dass sie sich nicht umstimmen lassen würde.

"Aber warum unnötig? Du bist nicht unnötig? Ich brauche dich doch! Du bist meine Familie!" Meine Stimme war ganz heiser und ich erneut den Tränen nahe.

"Du brauchst micht nicht! Du hast Vivien und du bist ein so starkes, tapferes Mädchen!"

"Aber was ist, wenn Vivien es nicht schafft? Omi!", schluchzte ich und legte meinen Kopf auf ihre

Bettdecke. Sanft strich sie über mein Haar.

"Endlich! Ich habe mir immer gewünscht, dass du mich Omi nennst, mein Liebes! Ich liebe dich sehr!"

"Und ich dich!" Nun floss doch eine Träne über meine Wange und Oma fing sie mit einem Finger auf.

"Ach, Allegra… Nicht weinen!" Seufzend strich sie über meine bereits feuchte Wange. "Das Leben geht weiter! Und vielleicht wird deines schöner als meines!", säuselte sie müde.

"Schöner?" Verwirrt hob ich den Kopf.

"Jetzt lass mich bitte alleine… Ich möchte mich ausruhen!", wich sie aus und ich schlich mich hinaus.

Taro und der Arzt erwarteten mich vor der Tür.

"Sie ist eine arme einsame Frau, die ihr Leben beenden möchte…" schüttelte ich traurig den Kopf.

Taro begleitete mich noch hinauf in mein Zimmer.

"Ist irgendetwas?", fragte er.

"Sie scheint uns etwas zu verheimlichen… Und das schon ihr Leben lang… Sie frisst es in sich hinein, was sie belastet…", erklärte ich nachdenklich. "Ich möchte nicht, dass sie stirbt mit diesem Geheimnis!", flüsterte ich leise. Ich war so in Gedanken versunken, dass ich überhaupt nicht gemerkt hatte, dass wir bereits in meinem Zimmer waren und so stieß ich mit dem Rollstuhl gegen den kleinen Tisch. Viviens Notizbuch, was mir die Ärztin anvertraut hatte, fiel hinunter. Ebenso fiel ein Zettel heraus.

"Oh… Warte." Taro hob beides auf, doch ehe er es mir in die Hand drücken konnte, fielen ihm fast die Augen aus dem Kopf.

"Was ist denn?", fragte ich überrascht.

"Dieser Zettel. Hör mal, was dort steht:

Die Verschwörung gegen die jüdischen Mitbürger

Eberhard-Ludwig Sonnenstern war im zweiten Weltkrieg ein KZ-Aufseher, der aus Mordlust die Juden umbrachte! Niemand wusste dies, außerseine Frau Erna-Luise Sonnenstern. Aber anstatt dieses Verbrechen anzuzeigen, was ihre Pflicht als treue Bürgerin gewesen wäre, sieht Erna-Luise Sonnenstern mit an, wie sich Eberhard-Ludwig nach dem Krieg zur Bürgermeisterwahl aufstellen lässt. Und alle wählten ihn, er wurde Bürgermeister - der Judenhasser! Dies soll nun ganz Selo erfahren, damit die Gerechtigkeit siegt!"

"Was hat das zu bedeuten?", fragte ich beunruhigt und zählte eins und eins zusammen. "Das Geheimnis…, das traurige und einsame Leben und jetzt die Verschwörung gegen die jüdischen Mitbürger!", hauchte ich und Taro ergriff meine Hand.

"Denkst du, dass das stimmt…", fragte er und überflog den Text erneut.

"Wer sollte sich denn soetwas ausdenken?", fragte ich ihn.

"Aber woher hat deine Schwester das denn?", entgegnete Taro und ich schüttelte unwissend den Kopf. "Vielleicht steht noch was in diesem Büchlein!", meinte ich, nahm es Taro aus der Hand und stieß direkt vorne auf zwei beschriftete Seiten in Viviens vertrauter Handschrift. Ungläubig las ich es.

"Vivien hat es aus dem Dorf! – Deshalb war sie sooft dort… Sie ist die ganze Zeit diesem Geheimnis gefolgt und stand vor dem Rätsel, vor dem wir jetzt stehen… Und das war es, was sie mir die ganze Zeit sagen wollte! Warum habe ich bloß nie

zugehört…", warf ich mir selbst
vor.

"Allegra…. Das bringt jetzt auch
nichts! Eigentlich gibt es nur
einen Weg das herauszufinden: Du
must mit deiner Großmutter
sprechen! Und das möglichst
schnell, es geht hier wirklich um
Leben und Tod!"

"Aber, was ist, wenn sie mich
anlügt…"

"Du must einfach Vertrauen haben!"
Er umfasste meine Hände noch
fester.

"Gut, dann werde ich sie fragen-
jetzt sofort." Ich wollte schon
zur Tür rollen, doch Taro hielt
mich zurück.

"Nicht mehr heute! Gib ihr eine
Nacht und dann…",schlug er vor und
auch er machte sich auf den Weg in
sein Zimmer. Ich allerdings las
mir wieder und wieder die
Aufzeichnungen meiner Schwester
durch. Diese alte Karte wie auch

die Goldkette ließen mir keine
Ruhe. Ich musste sie sehen!

Erna-Luise:

Diese Nacht schien einem Tag
gleich… Kein Auge tat ich zu und
meine Gedanken kreisten um den
Tod. Vor allem aber ließ mir unser
Familiengeheimnis keine Ruhe…
Sollte ich es tatsächlich jemandem
anvertrauen, ehe ich es ins Grab
mitnahm… Hätte es Eberhard-Ludwig
auch so gewollt… Die ganze Nacht
verkrampfte sich mein Herz, die
Müdigkeit befiel meinen Körper und
um mich herum bekam ich fast
nichts mehr mit. Und ehe ich mich
versah, wurde an meine Zimmertür
geklopft. Die Nacht war vorbei und
die Sonne schien in mein Zimmer.
All dies hatte ich gar nicht recht
wahrgenommen, so sehr war ich in
meinen Gedanken versunken. Noch
ehe ich mich versah, rollte
Allegra herein.

"Allegra, mein Liebes!"

"Stimmt das?" Sie stürmte an mein Bett und ich wusste gar nicht, was hier los war.

"Stimmt das?", wiederholte sie mit harter Stimme, wie ich sie nicht kannte. Sie wedelte dabei allerdings mit einem Notizbuch und einem Blatt Papier herum, so schnell, dass ich gar nicht wusste, worum es ging.

"Zeig es mir!" Nichtsahnend nahm ich ihr beides aus der Hand und begann zu lesen. Bei jedem Wort lief ein kalter Schauder über meinen Rücken und mir wurde ganz schlecht. Vivien hatte erste Schritte gemacht, um hinter unser Familiengeheimnis zu kommen… Und Allegra folgte ihr nach… Jetzt gab es kein zurück mehr. Ich musste es ihr erzählen, ehe es zu spät war!

Ida:

Ich wollte an die Zimmertür der gnädigen Frau klopfen, um mich zu versichern, dass alles in Ordnung war. Doch die Tür war schon einen Spalt breit geöffnet. Ich spähte hinein und erkannte Allegra, die am Bett ihrer Großmutter lehnte.

"Allegra! Diesen Zettel zur Verschwörungstheorie? Woher habt ihr den?", fragte die alte Frau Sonnenstern und ich horchte auf. Irgendetwas sagte mir, dass ich jetzt besser zuhören sollte, was ich auch tat.

"Laut Vivien ist sie mit einem Mann zusammengestoßen. Der trug das Blatt wohl bei sich und hat es dabei verloren. Wir wissen nicht, ob das stimmt oder nicht…"

"Allegra! Natürlich stimmt es nicht, was denkst du denn über deinen Großvater! Da hat irgendwer gehörig die Gerüchteküche zum Brodeln gebracht… Und wer weiß wieso… Da verfolgt irgendwer ein Ziel!"

"Und wer?"

"Wenn ich das nur wüsste… Wenn ich das nur wüsste…"

"Unter dem Text steht eine Unterschrift. Kannst du sie entziffern?"

"Nein… Aber Allegra, nun lass mich dir die Wahrheit erzählen! Du darfst nicht glauben, dein Großvater sei ein Verbrecher gewesen! Er war ein so gutherziger Mensch… Und ich möchte nicht, dass du ihn wegen einem Gerücht in so schlechter Erinnerung behältst… Dein Großvater war kein KZ-Aufseher. Am Ende des zweiten Weltkrieges hat er drei Juden gerettet. Sie hätten umgebracht werden sollen, weil sie eben Juden waren… Aber dein Großvater konnte dies nicht zulassen und so hat er sie alle drei in Sicherheit gebracht und versteckt. Der einzige Mensch, der das damals wusste, war sein Freund… Ach, Freund….Ein Verräter war er! Er wollte deinen Großvater verraten, aber dieser hat den Plan seines sogenannten Freundes durchschaut! Durch einen Zufall! Und dann blieb ihm nichts anderes übrig, als seinen Freund umzubringen. Lieber stirbt nur ein Verräter und vier gute Menschen bleiben am Leben! Das war das Motto dieser Aktion… Es ging auch alles gut… Und diese Geschichte hat er nur mir erzählt und wir waren uns einig, dass sie niemals jemand erfahren soll, nicht einmal dein Vater wusste Bescheid!"

"Aber Oma… Warum habt ihr es nie jemandem erzählt?"

"Kurz nach dem Krieg wäre das undenkbar gewesen, denn da herrschten noch antisemitische Verhältnisse!"

"Aber warum hast du es jetzt nicht erzählt? Wo doch gerade alle etwas Anderes, etwas Schlechtes denken?"

"Ach Allegra… Es war so schwer für mich… Dein Großvater und ich waren uns einig, es niemandem zu verraten. Und es wäre eine Art Verrat gewesen, es nun nach seinem Tod zu tun! Aber dir musste ich es erzählen! Du wirst das richtige tun, dass weiß ich!"

"Und diese Karte und die Goldkette?", hakte ihre Enkelin nach und hielt die Kette und ein Stück Papier hoch.

"Die Kette hat dein Großvater seinem Freund, dem Verräter abgenommen; er hat sie mir vermacht zur ewigen Erinnerung an diese schrecklichen Zeiten… Es ist so ziemlich das einzige, von dem was er mir hinterlassen hat, was mir wirklich wichtig ist! Und auf dieser Karte hatte er das Versteck der jüdischen Mitbürger aufgezeichnet."

In eben jenem Moment hörte ich, wie sie aufstöhnte…

"Mein Herz! Allegra… Es geht mit mir zu Ende! Aber eines musst du mir versprechen… Du musst…"

"Was muss ich?"

"Du must herausfinden, wer der Bösewicht war… Wer unserer Familie schaden möchte!"

"Aber wie… Ich…"

"Versprich es, Allegra! Bitte"

"Na, schön. Ich verspreche es!"
Ich sah, wie Frau Sonnenstern die
Hand ihrer Enkelin nahm und
drückte.

"Ich liebe dich, mein Kind… Ich
liebe dich…"

Allegra:

Eine Woche war seit dem Tod meiner
Großmutter vergangen und von
meiner Schwester gab es leider
auch noch keine Neuigkeiten. Seit
einer Woche saß ich alleine mit
unzähligen Angestellten und mit
Taro in diesem riesigen Schloss…
Dass ich, falls Vivien nicht mehr
aufwachen sollte, alleinige Erbin
des ganzen Anwesen und Geldes sein
sollte, hatte ich noch gar nicht
realisiert… Ich hatte das Gefühl,
wieder in ein tiefes Loch gefallen
zu sein, wie schon so oft in den
letzten Wochen - viel zu oft… Taro
war für mich da so gut er konnte,
doch ich saß oftmals stundenlang
auf der Terasse und starrte hinaus
in den Park, dessen Schönheit mir

in diesen Momenten aber verschlossen blieb. Außerdem setzte mich mein Versprechen weiterhin unter Druck herauszufinden, wer uns Schaden wollte. Nur Taro hatte ich es erzählt und mehr hatte ich noch nicht dafür getan.

"Allegra… Die Polizei ist gekommen. Sie wollen dich sprechen!" Taro riss mich aus meinem Teufelskreis der Gedanken und ich nickte nur. Herein kamen die Polizisten, die sie schon vom letzten Mal kannte..

"Frau Sonnenstern. Ich hoffe wir stören nicht, aber es gibt neue Erkenntnisse zum Fahrradunfall Ihrer Schwester." Erstaunt blickte ich auf. Den Fahrradunfall hatte ich komplett vergessen über all dem… Doch sofort stiegen die Schuldgefühle wieder in mir hoch.

"Es ist seltsam… Aber jemand hat sich an dem Fahrrad Ihrer Schwester zu schaffen gemacht."

"Sabotage? Schon wieder?"
Erschrocken sah ich Beiden ins
Gesicht. Mit allem hätte ich
gerechnet, aber nicht mit
Sabotage.

"Aber, was wir jetzt auch wissen
ist, dass es sich bei beiden
Sabotagefällen ihrer Familie, um
ein und die selbe Person handelt.
Wir haben dieselben Fingerabdrücke
gefunden. Allerdings ist diese
Person nicht in der Datenbank der
Verbrecher, das wiederum heißt,
dass sie noch nie gesucht wurde."

"Ein und die selbe Person?",
fragte ich, einer Ohnmacht nahe…
Eins wurde mir jetzt klar… Clemens
war es nicht. Wann hätte er zum
einen die Sabotage vornehmen
sollen? Und zum anderen liebte er
Vivien sehr und das war echte
Liebe! Wie konnte ich nur so blöd
sein und ihn dafür verantwortlich
machen? Vivien hatte die ganze
Zeit recht! Ich war einfach nur
eifersüchtig und blind… Clemens
würde niemals so etwas tun, warum
sollte er auch… Was wollten er und

Vivien mit soviel Geld, wenn sie alles Glück der Welt hatten? Glück... Glück, welches auch meine Großmutter hatte, was aber vom Familiengeheimnis verdrängt wurde! Und ich musste dieses Rätsel jetzt lösen! Ich musste nun herausfinden, wer unserer Familie mit brodelnder Gerüchteküche schaden wollte. Ich hatte es versprochen...

Kaum waren die Polizisten verschwunden, weihte ich Taro in meine Pläne ein.

"Und du denkst, dass das eine gute Idee und nicht zu gefährlich ist?", fragte er skeptisch.

"Taro, dass spielt hier gar keine Rolle mehr! Ich habe es versprochen, verstehst du das denn nicht?" Er antwortete mir nicht, also fügte ich hinzu: "Aber, wenn du nicht willst, dann geh zu deiner Sophie zurück..." Wütend drehte ich mich um.

"Nein... Alleine kann ich dich das nicht machen lassen... Wenn dir etwas geschehen würde… Das würde ich mir nie verzeihen…", flüsterte er. "Naja… Was nun?", fragte er zur weiteren Vorgehensweise. Aber das war eine gute Frage… Wie fand man einen Verbrecher?

"Vielleicht fahren wir erstmal hinunter ins Dorf und sehen dann weiter…", schlug ich ratlos vor und Taro stimmte zu.

Als wir die Haustür öffneten, um loszuziehen, stand vor dieser Ortvin van Vertheim, der im Begriff war, den Klingelknopf zu drücken.

"Allegra! Ich wollte gerade zu dir! Es tut mir so leid, was mit deiner Großmutter geschehen ist!"

"Ortvin!", freute auch ich mich und fand mich im nächsten Moment in seiner Umarmung wieder.

"Butler, die Beileidskarte!" Er drückte Taro einen cremefarbenen Umschlag in die Hand. Dieser sah Ortvin argwöhnisch an und auch ich erschrak, dass Ortvin Taro nicht

erkannt hatte. Überhaupt sah er
überglücklich aus, was mich
stutzig machte.

"Sollen wir noch gemeinsam einen
Tee einnehmen?", fragte er
überschwänglich.

"Ortvin, eigentlich sind wir
gerade auf dem Weg ins Dorf. Du
hast einen ungünstigen Moment
gewählt… Aber wo wir dich gerade
treffen… Da hätte ich eine große
Bitte an dich, als
Bürgermeister!", bat ich in einer
plötzlichen Eingebung.

"Bitte, nur zu…", sagte er,
ehrlich verblüfft.

"Du hast wahrscheinlich auch
mitbekommen, dass im Dorf negative
Gerüchte bezüglich einer
Verschwörung gegen jüdische
Mitbürger umgehen… Irgendwer hat
da etwas Falsches verbreitet und
ich würde das gerne richtig
stellen. Meine Großmutter hat mir
die Wahrheit erzählt, an ihrem
Sterbebett…" Rasch erzählte ich

ihm die Gkeschichte und wartete auf eine Reaktion.

"Das würde ich natürlich gerne machen… Aber ohne Beweis geht da nix…" Er zuckte mit den Schultern.

"Beweise? Du musst doch deinen Mitbürgern die Wahrheit erzählen!", empörte ich mich.

"Fragt sich nur, was hier die Wahrheit ist…", witzelte er. "Aber wenn ihr los muüsst, dann mal los… Aber dürfte ich wohl Eure Toilette benutzen?", fragte er noch.

"Bitte…" Ich deutete einladend ins Schloss und schon war er verschwunden.

Taro:

"Der war aber gerade komisch…", wunderte sich Allegra, während wir den Weg ins Dorf einschlugen.

"Gerade? Der Typ kam mir von Anfang an extrem verrückt und vor allem falsch vor! Was ist das überhaupt für ein komischer Name-

Ortvin?", erwiderte ich.
"Irgendwas stimmt mit ihm nicht…"

"Ach, Taro… Sei nicht immer so argwöhnisch.", seufzte Allegra.

"Argwöhnisch? Wenn dir dein Ortvin lieber ist, dann ermittle doch mit ihm weiter und finde das Geheimnis heraus. Ich bin dir anscheinend nicht gut genug!", schrie ich sie an.

"Taro, was bist du denn jetzt so?"

"Wie bin ich denn? Ich bin blöd und naiv! Die ganze Zeit heulst du dich an meiner Schulter aus und sobald der Ortvin um die Ecke kommt, dackelst du zu ihm! Denkst du, ich hätte dieses Spielchen nicht durchschaut?"

"Taro… Welches Spielchen… Was sollte ich denn anderes tun? Du bist schließlich vergeben!", erwiderte sie verdutzt und ich schluckte.

"Ich bin nicht vergeben! Ich bin ein einsamer Mann… Und Sophie, pah, die gibt es doch überhaupt nicht! Die habe ich mir doch nur ausgedacht, weil du mit diesem Ortvin geturtelt hast! Es gibt auf der ganzen Welt nur eine einzige Frau die ich liebe und das seit unserer gemeinsamen Zeit im Sandkasten! Sie ist die bezaubernste, tapferste Frau, die ich kenne und ihr Name ist Allegra. Und ich bin auch nicht zufällig hier… Verdammt, ich habe mein Studium abgebrochen, um dich wieder zu finden! Aber anscheinend war alles umsonst, du kommst wohl ohne mich besser klar!" Völlig aufgelöst knallte ich ihr die Beileidskarte auf den Schoß und rannte weg in Richtung Wald.

"Taro! Was soll das?", hörte ich sie noch rufen, dann verblasste ihre Stimme.

Allegra:

Viviens - Allegras Notizbuch: Wichtige Erkenntnisse zu unserem Familiengeheimnis:

Der Besuch im Dorf ergab nichts!

Einsam war ich durch die Straßen gezogen, hilflos und nichtswissend… Ohne Taro war alles plötzlich so leer und einsam. Doch ich konnte es auch ohne ihn schaffen! All dies versuchte ich mir einzureden, doch im Grunde meines Herzen fühlte ich das komplette Gegenteil. Taro liebte mich! Er hatte aus Eifersucht so getan, als hätte er eine Andere und er fühlte das gleiche wie ich… **Er liebte mich!** Als ich abends zurück im Schloss war, war sein Zimmer leer. Einzig und allein ein Zettel erinnerte noch daran, dass einmal jemand hier war:

Allegra, hier werde ich nicht mehr gebraucht. Vielen Dank für eure Gastfreundschaft, aber mein Dienst ist getan… Lebe wohl, Taro!

Ich wäre liebsten sofort aufgebrochen um ihn zu suchen. Ich wollte ihn zurückholen und ihm sagen, dass auch ich ihn liebte und zwar nur ihn! Doch ich war zu stur und irgendetwas hielt mich davon ab, obwohl die Stimme der

Leidenschaft von innen heftig gegen mein Herz pochte. So hatte ich den Zettel fest an mich gedrückt, an seinem Kopfkissen gerochen und mich danach wieder gesammelt. Ich musste mich jetzt auf das Geheimnis konzentrieren! Doch die Einsamkeit in diesem großen Gebäude behagte mir nicht… Um wenigstens etwas Nähe meiner Großmutter zu spüren, ging ich zur Kommode mit ihren Schätzen und wollte mir die goldene Kette noch einmal anschauen. Wie das letzte Mal war die Schublade geöffnet. Mit Schwung zog ich sie auf.

"Hhhh!" Ich erschreckte zu Tode. Eine gaffende Leere befand sich in der Schublade. Nichts war mehr da. Ohne zu zögern, öffnete ich alle weiteren Schubladen der Kommode. Doch dort war alles am selben Platz… Ich durchsuchte sämtliche Schränke des Hauses… Vielleicht war es nur bei Putzen abhanden gekommen… Doch nichts! Die Kette und auch die Karte waren verschwunden!

Aufgewühlt eilte ich in mein Zimmer, um die jüngsten Ereignisse in das Notizbuch zu schreiben. Doch… Die Notizen zur Verschwörungstheorie… sie waren verschwunden…

"Einbrecher!", murmelte ich entsetzt. Aber wie konnte das sein! Das ganze Schloss wimmelte doch die ganze Zeit über nur so von Angestellten. Wie sollte da jemand eingebrochen sein, wenn in jedem Zimmer der Staubwedel huschte… Und warum sollte er oder sie genau die zwei Gegenstände stehlen, die etwas mit der Verschwörung gegen die jüdischen Mitbürger zu tun hatten? Und woher wußte dieser Jemand überhaupt, wo er diese Gegenstände finden konnte? Kaum hatte ich dies gedacht, fiel es mir wie Schuppen von den Augen: Der Einbrecher konnte nur der gewesen sein, der die Gerüchteküche brodeln ließ! Und er musste vom Personal eingelassen worden sein!

Wie ein aufgescheuchtes Huhn suchte ich James auf.

"James! Wen haben Sie heute in das Schloss eingelassen?"

"Frau Sonnenstern, da waren eigentlich nur der Herr Taro und der Herr Bürgermeister."

"Dankeschön…" Auf dem Weg zurück in mein Zimmer sortierte ich meine Gedanken… Taro und Ortvin van Vertheim! Konnte Taro der Dieb gewesen sein? Konnte er wirklich so dreist sein? Vor meinem inneren Auge erschien sein ehrliches Gesicht und in meinem Ohr rauschte seine Liebeserklärung… Nein! Niemals war er es gewesen! Wie konnte ich auch nur eine Sekunde daran denken? Aber das hieße, dass es Ortvin van Vertheim gewesen sein musste, es sei denn das Personal ware so dreist gewesen… Aber auch das würde ich keinem der Angestellten zutrauen. In diesem Augenblick fügten sich in meinem Kopf sämtliche Sätze und Bilder zusammen. Natürlich war es Ortvin! Wie konnte ich nur so blind sein?

Von Anfang an tat er total freundlich und schmeichelte sich bei uns allen und besonders bei mir ein! Und heute Morgen wollte er mit aller Gewalt ins Haus hinein… Nicht für einen Tee, nicht um die Toilette zu benutzen - sondern um alles, was mit der Verschwörungstheorie gegen die jüdischen Mitbürger zu tun hatte, zu beseitigen. Er war überglücklich über den Tod meiner Großmutter! Taro hatte von Anfang an Recht und ich war die blinde Nuss! Jetzt hatte ich einiges zusammensetzen können… Aber warum tat er das? Was hatte er davon? Am liebsten hätte ich sofort Taro angerufen aber… NEIN! Ich musste das jetzt alleine schaffen, ich musste ihm beweisen, dass ich es auch alleine schaffte - sogar trotz Lähmung. Und *dann* würde ich mich mit ihm versöhnen! Morgen würde ich dem Rathaus und Ortvin erst einmal einen Besuch abstatten. Vielleicht ließe sich so alles aufklären…

Ich war in meinem Zimmer angekommen und mein Blick fiel auf den cremefarbenen Umschlag mit der Beileidsbekundung. Voller Abscheu und ohne wirkliches Interesse schnappte ich ihn mir und öffnete ihn. Doch der Inhalt öffnete mir vollends die Auge… Nicht der Text war so interessant - nein! Die Unterschrift darunter war exakt die selbe, unentzifferbare Schrift, die unter dem Verschwörungstext stand!

Allegra:

Ich war so früh wie möglich aufgebrochen, um um Punkt neun Uhr am Rathaus zu sein. Ortvins Sekretärin hatte gesagt: "Herr van Vertheim ist noch nicht da, aber nehmen Sie schon einmal Platz in seinem Büro." Und genau das hatte ich getan und genau das tat ich auch immer noch - sitzen und warten! Mein Blick allerdings suchte nervös den gesamten Schreibtisch nach Hinweisen ab, aber dort befand sich nichts Auffälliges. Mein Herz pochte vor

Aufregung schneller denn je und fieberhaft überlegte ich, ob ich es wagen sollte, in den Schubladen unter seinem Schreibtisch zu wühlen. Aber wäre er wirklich so blöd, es so offensichtlich zu verstecken? Andererseits war das wiederum ein gutes Versteck, weil dort ja kein normal denkender Mensch das Versteck vermuten würde… Ich war überzeugt, rollte in Windeseile um den Schreibtisch herum und zog die erste Schublade auf – Stifte, in der zweiten waren Aktenmappe und in . der dritten und letzten - ein Haufen Papierkram. Enttäuscht und mutlos wollte ich die Schublade wieder zuschieben, als mir im Augenwinkel unter dem Papier etwas auffiel - etwas Glänzendes. Ohne zu zögern hob ich das Papier etwas an und…

"Volltreffer!" Sowohl Goldkette als auch die „Schatzkarte" und der Text der Verschwörungstheorie befanden sich darunter. Schnell zog ich es hervor und in jenem Augenblick wurde die Tür aufgerissen. Mein Herz setzte für einen Moment aus - es war Ortvin! Wie erstarrt saß ich im Rollstuhl vor seiner Schublade mit dem Diebesgut in der Hand und er begegnete meinem angsterfüllten Blick hämisch grinsend!

Ortvin van Vertheim- Der schwarze Mann:

"Allegra! Was machst du denn hier?", fragte ich überflüssiger Weise mit breitem Grinsen und blieb provokant in der Tür stehen. Sie schien fieberhaft zu überlegen, eine Weile blieb es still im Raum. Doch im nächsten Moment fragte sie wohl ebenso provokant und selbstsicher: "Ich wollte mir nur eben das zurückholen. Anscheinend hast du es gestern versehentlich genommen!", giftete sie.

"Allegra, das Blatt mit der Theorie gehört mir! Das hat deine Schwester zuerst gestohlen… Ich hab es mir nur zurückgeholt.", brachte ich zusammengepresst hervor.

"Und dabei hast du zufällig auch noch diese zwei Sachen mitgehen lassen! Ortvin ich weiß, dass du das alles warst!"

"Du bist nicht so dumm wie ich dachte… Genau wie deine Schwester Vivien, die mir auf die Schliche kam! Aber dafür wirst du genauso bezahlen müssen, wie sie!", drohte ich.

"Was meinst du mit bezahlen? Und überhaupt, was soll das alles? Warum machst du das alles? Was hast du denn von all dem?", fragte sie nun ziemlich verwirrt.

"Na schön, meine Liebe, wenn du es unbedingt wissen möchtest… Du fragst mich, was es mit diesem „Bezahlen" auf sich hat… Nun, bevor mir Vivien, die durch einen unglücklichen Zufall an dieses Blatt gekommen ist, den ganzen Plan verderben konnte, habe ich es für richtig gehalten, etwas Abhilfe zu schaffen! Ich war es!

Ich habe ihr Fahrrad sabotiert…
Leider ist der Plan nicht ganz
aufgegangen und sie liegt, wie ich
hörte nur im Koma!" Ich lachte
laut und Allegra schlug die Hand
vor den Mund.

"Nein!", sagte sie langsam, als
sei ihr etwas klargeworden. "Wenn
du das Fahrrad sabotiert hast und
es nur einen Saboteur gab, dann…
Dann hast du mein Auto sabotiert!
Dann hast du… meine Eltern
umgebracht!"

"Korrekt!"

Von dieser Erkenntnis schockiert,
schien sie zusammenzubrechen.
"Aber warum? Warum tust du so
etwas? Warum?" Allegras Kopf fiel
in ihren Schoß und sie schluchzte
herzzerreißend.

"Dahinter steckt eine ganz
einfache Überlegung! Ich habe das
Auto sabotiert, weil ich wusste,
dass ihr einen Familienausflug
macht ohne Vivien! Monatelang habe
ich euch dafür ausspioniert!" Um
diesem Satz Nachdruck zu verleihen

riss ich die Augen riesig auf.
"Ich hoffte damit euch drei
auszulöschen… Hat leider nicht
ganz geklappt… Schließlich bist du
nur gelähmt! Aber naja… Der
anfängliche Plan war es, mich in
Vivien zu verlieben und sie zu
heiraten. Da ihr drei tot gewesen
wäret und eure Großmutter dann
irgendwann auch, wäre ich mit
Vivien alleiniger Erbe des
gesamten Vermögens!" Machtvoll hob
ich die Hände zur Decke.

„Aber Vivien ist doch mit Clemens
zusammen", konnte Allegra nur noch
stammeln.

„Für diesen Clemens hätte sich
auch noch eine Lösung gefunden"
deutete ich genüßlich an.
„Schließlich ist „Freeclimbing" ja
auch kein ganz ungefährliches
Hobby". Ich sah tief befriedigt,
wie Allegra ängstlich staunend
erkannte, dass ich an alles
gedacht hatte – wirklich an alles.
Mann, bin ich gut, dachte ich bei
mir.

"Allerdings gab es ja nebenbei noch den Plan der Verschwörung gegen die jüdischen Mitbürger. Durch einen Zufall habe ich die Wahrheit über deinen Großvater herausfinden können… Aber ich konnte nicht zulassen, dass ganz Selo ihn als Helden feiert… Schließlich streute ich überall das Gerücht und überzeugte alle vom Gegenteil und…"

"Aber warum? Was hat das Streuen dieser Gerüchte für dich von Nutzen?", unterbrach sie mich.

"Ach so… Dein Großvater wurde überall immer als grandioser Bürgermeister und Held gefeiert… Als jetzt dieses falsche Geheimnis ans Licht kam, achtete man endlich mich und ich war der *beste* Bürgermeister."

"Wie kindisch bist du eigentlich?"

Ich ignorierte ihren Einwand. "Naja… Bei dieser Geschichte kam mir Vivien in die Quere. Ich konnte nicht zulassen, dass sie alles herausgefunden hätte und ich

verursachte Unfall Nummer zwei.
Und dann beschloss ich, Dir den
Verliebten vorzuspielen, damit ich
Dich später heiraten könnte. Der
Effekt ist der gleiche. Indem ich
Dich umgarnte hoffte ich dich zu
überzeugen, allerdings weißt du ja
jetzt alles!" Ich machte eine
wegwerfende Handbewegung.

"Und warum erzählst du mir das
alles? Hast du keine Angst, dass
es durch mich die Öffentlichkeit
erfährt?", fragte Allegra
misstrauisch.

"Allegra-Schätzchen! Auf diese
Frage habe ich nur gewartet! Du
alleine hast die Wahl!"

"Die Wahl?"

"Entweder du rennst an die
Öffentlichkeit und deinem Taro
wird es ergehen wie deiner
restlichen Familie… Oder du
heiratest mich jetzt schön brav
und dem kleinen süßen Taro geht es
weiterhin so gut…" Ich grinste
erfreut, als ich ihr entsetztes

Gesicht erblickte, das ganz bleich wurde.

"Wo ist Taro? Was hast du mit ihm gemacht?", flüsterte Allegra bedrohlich, während ich mir die Hände rieb.

"Ich habe ihn gestern abgefangen und nun vergnügt er sich in einer dunklen, kühlen Kammer!"

"Lass sofort Taro frei! Er hat damit nichts zu tun, also lass ihn in Ruhe! Es reicht schon, dass du meine gesamte Familie ausgelöscht hast!", schrie sie, doch es verwandelte sich ganz schnell in ein Schluchzen. "Aber ich kann dich nicht heiraten… Ich liebe Taro!"

"Man kann nicht alles haben…", bedauerte ich gespielt und mit gesenktem Kopf nickte sie schließlich.

"Ich werde dich heiraten… Aber bitte lass Taro frei und tu ihm nichts!", flüsterte sie.

"Keine Sorgen, Schätzchen!" Ich eilte zu ihr herüber, nahm die Griffe des Rollstuhles und rollte sie weg. Ich zog die hinter meinem Schreibtisch stehende Papierwand, die ein Regal abbildete fort, öffnete die sich dahinter befindende Tür und rollte sie hinein. Dann verschloss ich alles und verwischte alle Spuren.

"Bis zu unserer Hochzeit bleibst du da drin… Da kann ich mir sicher sein, dass keiner unser kleines Geheimnis erfährt!" Rief ich ihr durch die Wand zu und begann schallend zu lachen.

Taro:

Ich hielt es einfach nicht aus… Ich kam einfach nicht ohne sie aus! Seit unserem großen Streit und seitdem ich weggerannt war, ist nicht eine Minute vergangen, in der ich nicht an Allegra gedacht hatte. Wie konnte ich nur so rücksichtslos sein und sie in ihrem Zustand alleine lassen! Gelähmt und alleingelassen! Ich

musste sie finden und ihr helfen -
ob sie meine Liebe nun erwiderte
oder nicht. Das Zugticket, was ich
mir schon für die Rückreise
besorgt hatte, hatte ich soeben
zerissen und mit Sack und Pack
machte ich mich nun wieder auf den
Weg zum Schloss.

James, der Butler, stand wie immer
vor dem Haupteingang und schaute
ernst drein und gefährlich aus.

"Dürfte ich bitte mit Allegra
Sonnenstern sprechen?"

"Sie ist nicht im Haus!",
erwiderte er kalt.

"Okay… Können Sie mir dann bitte
sagen, *wo* sie sich aufhält?
Bitte…?"

Er schüttelte den Kopf.

"Bitte, James! Ich mache mir
Sorgen um sie… Wissen Sie nicht
wie das ist?" Erneutes
Kopfschütteln.

"James! Ich bitte Sie!" … Nach dem
vierten Kopfschütteln gab ich es

schließlich auf und ging mit gesenktem Kopf über den Kies zurück. Irgendwo an einer Wäscheleine begegnete mir Ida, die Socken zum Trocknen aufhing.

"So traurig, Herr Taro?", fragte sie mit einer Wäscheklammer im Mund.

"Ach… Es ist nur, dass ich mich um Allegra sorge. Und James will mir nicht sagen, wo sie hin ist… Ich mache mir Sorgen… Naja!" Schon wollte ich weitergehen, da hielt sie mich zurück. "Sie ist schon ganz früh aufgebrochen zum Rathaus! So langsam sollte sie wirklich zurückkommen… Sie meinte, sie hätte mit dem Bürgermeister ein Hühnchen zu rupfen." Achselzuckend wandte sie sich wieder der Wäsche zu.

"Ich danke Ihnen, Ida!", rief ich ihr zu, während ich nun losstürmte. Wenn sie bei Ortvin war, dann… wer weiß, was er ihr angetan hatte! Wenn ihr etwas zugestoßen war, würde ich mir das

niemals verzeihen…. Der Wettlauf
gegen die Zeit begann!

Allegra:

Konnte man sich wirklich so sehr
in einem Menschen täuschen wie
ich? Wie konnte sich ein anfangs
scheinbar unglaublich netter
Mensch zu solch einem Mörder und
Monster verwandeln? Und wieso
konnte ein Mensch so etwas
Furchtbares überhaupt tun? Er
hatte meine ganze Familie
ausgelöscht und ausgerechnet ich
kam hinter sein Geheimnis… Diese
Geschichte dahinter und die
Motive, die Ortvin zu so einer Tat
bewegten, schienen mir so surreal
und wirkten wie aus einem billigen
Horrorfilm. Wie er mir eben
gedroht hatte… Wie er mich zwang,
seine Frau zu werden, um Taros
Leben nicht aufs Spiel… So etwas
gab es doch nur in fiktiven
Geschichten und nicht im richtigen
Leben des 21.Jahrhunderts… Als ich
an Taro dachte, wurde mir ganz
schlecht… Was hatte ich getan… Wie
konnte ich ihn nur hier mit

hineinziehen…? Und was hatte Ortvin mit ihm gemacht? Ich würde alles dafür geben, um sein Leben zu retten und um damit alles wieder gut zumachen… Verzweifelt kauerte ich in meinem Rollstuhl in dieser kleinen Höhle. Ringsum bestand sie aus hellgrauen Steinwänden, die ziemlich nass und glitschig wirkten. Wie konnte in einem Büro nur soetwas verborgen sein und…?

"Allegra? Allegra?", hörte ich da plötzlich eine Stimme und mir wurde ganz warm ums Herz. Es war Taro! Taro war hier!

"Taro? Ich bin hier!", rief ich.

"Wo ist denn hier?", flüsterte er fragend zurück.

"Pass auf. Du musst direkt hinter Ortvins Schreibtisch den Schrank wegschieben. Es ist nämlich kein Schrank sondern einfach ein Stück Pappe. Dahinter befindet sich diese Kammer, da bin ich drin. Und Ortvin wird den Schlüssel vermutlich in einer seiner

Schubladen verstecken." Es folgte
ein Rascheln und einige Zeit
Stille, niemand sagte etwas. Und
schließlich wurde etwas im
Türschloss umgedreht. Im nächsten
Moment wurde ich vom grellen
Sonnenlicht geblendet, welches
durch das offene Fenster
hereinschien.

"Ich bin frei!", rief ich ganz
ungläubig und Taro stürmte zu mir.

"Ich bin so froh, dass dir nichts
passiert ist! Wie konnte ich dich
nur alleine lassen. Oh, Gott! Wenn
dir etwas passiert wäre… Das hätte
ich mir niemals verziehen… Wie
konnte ich nur…?" Er ergriff meine
Hände und sah mir tief in die
Augen.

"Was hat Ortvin mit dir gemacht?",
entgegnete ich, ganz in Sorge.

"Mit mir? Nichts?", entgegnete er
verwundert.

"Oh, dieser Mistkerl! Er hat
gesagt, er hätte dich in seiner
Gewalt und wenn ich ihn nicht

heirate, dann würde er… dich umbringen!" Ich schluckte kräftig.

"Das hat er gesagt… Oh, Allegra!" Er drückte meine Hände noch fester.

"Er hat mir nichts getan und selbst wenn… Es ist doch viel wichtiger, wie es dir geht! Ich habe es ohne dich einfach mehr aushalten können, Allegra. Es tut mir leid, dass ich dich im Stich gelassen habe! Ich hab dich aufgesucht und die Sekretärin hat mich einfach reingelassen!"

"Taro… Du hast mich nicht im Stich gelassen! Du hast mich gerettet!", sagte ich und meine Stimme wurde immer leiser. "Taro… Ich empfinde genau das gleiche für dich wie du für mich! Ich bin seit Ewigkeiten schon in dich verliebt und wollte es nie zugeben…" Jetzt war es raus! Jetzt hatte ich es endlich gesagt!

"Weißt du, dass du mich sehr glücklich machst?", flüsterte er und hob mein Kinn etwas an. Dann strich er mir mit seiner weichen Hand zart über die Wange.

"Allegra… Ich würde dich jetzt gerne küssen!", hauchte er und unsere Lippen näherten sich zu einem liebevoll, zärtlichen Kuss. Als wir uns widerstrebend voneinander lösten, lächelte Taro. "Du kannst besser küssen als Sophie." Ich musste daraufhin leise kichern und liebevoll strich er mir über das Haar.

"Ich würde dir jetzt gerne einen Heiratsantrag machen… Aber du bist ja schon verlobt…", hauchte er und sein Atem blies mir ins Gesicht.

"Bist du verrückt! Natürlich werde ich ihn nicht heiraten… Dass hätte ich doch nur getan, um dein Leben zu retten!"

"Ah, dass muss doch wahre Liebe sein, zwischen euch beiden Turteltäubchen!" Wir erschraken, als hinter uns plötzlich eine dunkle und böse Stimme ertönte. Beide wagten wir es nicht uns umzudrehen, denn wir wussten, wer dort stand!

"Aber, Allegra, versprochen ist versprochen. Du must mich heiraten!" In diesem Moment packte er Taro von hinten und stieß ihn zu Boden.

"Taro!", schrie ich und fühlte mich so hilflos in diesem Rollstuhl. Er regte sich auf dem Boden.

"Allegra, pass auf! Er ist so unberechenbar!", rief ich und war mit einem Satz wieder auf den Beinen. Schützend sprang er vor mich.

"Meine Großmutter schätzte dich als Freund! Und du hast unsere Familie ausgelöscht! Und nun lass wenigstens Taro aus dem Spiel!", sagte ich und kniff die Augen finster zusammen.

Erneut stieß er Taro zu Boden. Doch dieses Mal stieß ich zurück. Mit dem Rollstuhl fuhr ich auf seine Füße. Ortvin begann zu jaulen und stützte sich auf seinem Schreibtisch ab, dabei schnitt er sich an den spitzten Zähnen der Goldkette, die noch immer dort lag; die ehemaligen Opfer zeigten ihm ihre Zähne.

"Scheiße!", rief er und Taro und ich wechselten verwunderte Blicke.

"Großer Mörder, aber bei einem kleinen Schnitt kommen Ihnen die Tränen?", witztelte Taro.

"Das ist kein Spaß, ihr Beiden, bitte!", flehte er. "Ich leide unter der Bluter-Krankheit und ich habe meine letzte Medikamenteneinnahme versäumt! Bitte!", bettelte er weiter. Im nächsten Moment schien er den Halt unter seinen Füßen zu verlieren und zu Boden zu gleiten. Dann sagte er nichts mehr und lag dort auf dem kalten Steinboden. Ganz vorsichtig und schweigend trat Taro zu ihm herüber und wartete auf ein Lebenszeichen.

"Er ist… tot!", flüsterte er dann schließlich und entfernte sich rasch von der Leiche. Schließlich schloss er mich in seine Arme. "Es ist vorbei!", flüsterte er. Nun nahm er die Goldkette und legte sie mir um den Hals. "Was hat es eigentlich mit dieser Goldkette auf sich?", fragte ich ich. „Im zweiten Weltkrieg brach man den ermordeten Juden die Goldzähne aus und goss sie zu Goldbarren. Diese Mühe hat man sich bei dieser Kette wohl nicht gemacht, denn den „Perlen" der Kette sieht man ja noch ihre ursprüngliche Zahnform an.", belehrte mich Taro mit traurigem Blick.

"Und durch diese armen gequälten Menschen erhielt der Schurke Ortwin somit doch noch seine gerechte Strafe!", schloss Taro.

"Ja…!", sagte ich dann an ihn gewandt.

"Ja?"

"Du hast mir eben eine Art Heiratsantrag gemacht… Ich möchte…" Taron küsste mich ein

zweites Mal und endlich war ich
angekommen.

Allegra- vier Monate später

Es war ein kalter Dezembertag, der
Himmel strahlte eisblau, die Sonne
leuchtete ebenfalls und der Boden
wurde von einer glitzernden
Schneeschicht überzogen- Es war
der Tag meiner Hochzeit! Lächelnd
betrachtete ich mich im Spiegel,
hinter mir stand meine beste
Freunde Lissi.

"Du siehst aus wie eine
Prinzessin!", lächelte sie und
strich mir über die Haare.

"Ich wünschte nur, dass Vivien es
sehen könnte…", flüsterte ich.

"Sie wird wieder aufwachen, wenn
du nur fest daran glaubst!",
lächelte Lissi mich durch den
Spiegel an und ich lächelte
traurig zurück. Schließlich blieb
mein Blick an meinem Kleid hängen.
Das Motto unserer Hochzeit war
Cinderella, denn unser ganzes
Abendteuer war wie ein

unglaubliches Märchen gewesen. Und
so saß ich im Rollstuhl vor dem
Spiegel in einem hellblauen Kleid
- oben ganz eng geschnürt und mit
einem Carmen Auschnitt geziert und
unten fiel der glitzernde Tüll
weit zu Boden. Meine Füße steckten
in Gläsernen Schuhen und meine
Haare waren zu Korkenzieherlocken
aufgedreht worden.

"Der letzte Schliff!" Lissi zog
aus einer Schachtel ein Kränzchen
mit weißen Rosen. Die Schachtel
knallte sie auf meinen Schoß.
"Halt mal kurz."

"Aua…", erwiederte ich und
verdrehte die Augen. Lissi setzte
mir den Kranz auf und plötzlich
wurde uns bewusst, was ich eben
gesagt hatte. Vorsichtig kam Lissi
zu mir herüber und schlug sanft
auf meine Beine. "Hast du das
gespürt?"

Ehrfürchtig nickte ich und griff
nach Lissis Arm. Diese zog mich
aus dem Rollstuhl nach oben.

"Ich stehe!", flüsterte ich und wie auf ein unsichtbares Zeichen ließ sie mich los. Langsam setzte ich einen Fuß vor den anderen - tatsächlich! Ich konnte laufen! Ich konnte wieder laufen!

"Lissi, wie kann das denn nur sein?", fragte ich meine Freundin, die Ärztin war.

"Das war wohl nie eine wirkliche Lähmung… Du warst nur psychich gelähmt… Und nun, wo du so glücklich bist, da geht es auch deinen Beinen wieder gut… Und du kannst laufen.", erklärte sie mir, doch ich starrte nur in den Spiegel. Ich, als eine stehende Cinderella - und gleich war ich eine verheiratete Frau… Die Frau mit dem wunderbarsten Mann auf Erden!

Taro:

All diese Leute waren nur wegen uns hier - wegen Allegra und mir! Der riesige Saal des Schlosses war blitzblank poliert… Die Kronleuchter spiegelten sich in dem glatten Parkettboden wieder und überall waren menschengefüllte schneeweiße blumenverzierte Bänke. An der Decke hingen dekorative Schneeflocken und alles schien wie im Märchen. In diesem Augenblick ertönte der Hochzeitsmarsch laut und deutlich und mein Blick glitt zum Aufzug. Dort würde sie gleich herausrollen. Um mich herum hörte ich ein kollektives Aufstöhnen. Ich drehte meinen Kopf ruckartig herum… und erstarrte. Dort an der Treppe, die mit einem roten Teppich ausgelegt worden war, stand sie - meine Allegra. Plötzlich… ich glaubte nicht richtig zu sehen, schritt sie die Stufen hinunter, wie eine Prinzessin - gefolgt von ihren Brautjungfern und angeführt von kleinen Mädchen in Feenkostümen, die Blütenblätter streuten. Allegra strahlte über das ganze Gesicht und ihr Haar schimmerte im Kerzenlicht.

"Allegra, du kannst laufen!", hauchte ich ihr entgegen, als sie bei mir angekommen war.

"Ist das nicht viel romantischer, als im Rollstuhl angerollt zu kommen?", witzelte sie und ich strich ihr über die Wange.

"Das ist das schönste Geschenk, was du mir machen kannst!", flüsterte ich zurück und bei unserem gemeinsamen Kuss folgte erneut ein Kollektives "Oh". Gerade wollte die Standesbeamte beginnen, als von hinten eine Stimme ertönte.

"Sind wir zu spät?" Ungläubig drehte ich mich um und schlug die Hände vor dem Mund zusammen. "Vivien!", flüsterte ich und rannte auf meine Schwester zu. "Du bist aufgewacht!", hauchte ich und schloss sie in die Arme.

"Und du hast unser Familiengeheimnis gerettet!", flüsterte ich.

"Aber wie…"

"Sie ist schon letzte Woche aus dem Koma erwacht… Wir haben Taro eingeweiht und er hat uns alles erzählt. Wir wollten dich überraschen.", erklärte Clemens, der neben ihr aufgetaucht war.

"Clemens… Es tut mir leid, dass ich dich so beschuldigt habe.",sagte ich kleinlaut.

"Aber, dass du gehen kannst, hat uns niemand erzählt!", fiel Vivien auf.

"Das erzähle ich euch alles später! Jetzt werde ich erst einmal getraut." Ich schwebte auf Wolken zurück zu Taro, der lächelnd meine Hand ergriff. "Cinderella? Bereit?", witzelte er.

"Ja… Ich bin es schon ganz lange!", strahlte ich und war endlich wieder glücklich… Und warum sollte ich es auch nicht sein? Allegra hieß schließlich: Die Fröhliche!